Cesar Alcázar

A CULPA É DA NOITE

Curitiba
2019

CAPA E PROJETO GRÁFICO **FREDE TIZZOT**

ENCADERNAÇÃO **PATRICIA JAREMTCHUK**

A 349
Alcázar, César
A Culpa é da noite / César Alcázar. – Curitiba : Arte & Letra,
2019.

132 p.

ISBN 978-85-7162-005-6

1. Contos brasileiros   I. Título

CDD   869.93

Índice para catálogo sistemático:
1. Contos: Literatura brasileira 869.93

ARTE & LETRA
Curitiba - PR - Brasil
Fone: (41) 3223-5302
www.arteeletra.com.br - contato@arteeletra.com.br

NOTAS DO AUTOR

Os contos reunidos sob o título "O Exílio de Cain" foram desenvolvidos entre 2015 e 2016 para um projeto de *graphic novel* em parceria com o artista espanhol José Aguilar García. Este projeto encontra-se em andamento. O conto "Meu Velho Kentucky Blues" foi publicado originalmente, com algumas modificações, na antologia "Crimes Fantásticos", da Argonautas Editora (2016).

Os contos de "Um Preço Para Cada Crime" foram escritos entre o final de 2015 e o início de 2018 e são todos inéditos. "Do Outro Lado do Rio" é livremente inspirado na figura de meu bisavô João José dos Santos e em histórias que ouvi durante a infância (com algumas adições recentes). Ele também contém dois *causos* que peguei emprestado de Adão Iturrusgarai Maciel e José Pinto dos Santos, grandes contadores de histórias.

Já os contos presentes em "Os Tentáculos da Máfia" fazem parte do universo transmídia do jogo de tabuleiro "Don Capollo", criado por Gustavo Barreto e publicado por Hidra Games/ Devir Livraria. Os contos "O Filho de O'Higgins" e "Um Lugar Sujo e Mal Iluminado" apareceram no livro "Segredos de Famiglia", organizado por Maria do Carmo Zanini, publicação da Devir (2014). Os contos baseados no universo de Don Capollo foram incluídos aqui com a autorização de Douglas Quinta Reis (Devir) e Gustavo Barreto (Hidra Games).

AGRADECIMENTOS

A Douglas Quinta Reis (*in memorian*), Maria do Carmo Zanini e Gustavo Barreto pela oportunidade de estrear na Literatura Policial com "Segredos de Famiglia".

Aos camaradas do W.C.M. – Duda Falcão, Christopher Kastensmidt, A. Z. Cordenonsi e Enéias Tavares pelas incontáveis horas discutindo e planejando ~~crimes~~ textos fantásticos.

Às parceiras de crime Cristiane Marçal, Bethânia Helder e Jéssica Bernardi pelo apoio e inspiração.

O EXÍLIO DE CAIN

Meu velho Kentucky Blues

Desci do caminhão de uísque ao meio-dia. Bem, oficialmente o caminhão transportava porcos, e o cheiro era insuportável. Mas no compartimento escondido debaixo daquele chiqueiro ambulante havia uns bons cinquenta barris do melhor *moonshine* destilado no condado de Harlan, Kentucky, minha terra natal.

Sou bom em três coisas nessa vida: contrabandear, jogar e atirar. Estava cansado do contrabando e das rixas familiares do Kentucky. Por isso, aproveitei a saída de um carregamento do tio Pike e fui até Chicago. Uma cidade lucrativa para jogadores, dizem.

Pike me deixou bem no mercado da Maxwell Street, o coração da cidade. Parecia mais um caldeirão do que outra coisa. Passei por Lexington, Louisville e Indianapolis sem conhecer nada igual. Nunca na minha vida vi tanta gente junta antes.

Vesti meu casaco e comecei a andar no meio da multidão, tentando decifrar aquele povo. Tinha gente de todo tipo. A maioria era de negros. Comerciantes anunciavam as mercadorias aos gritos. Pilantras ofereciam jogos suspeitos. Quase fiquei interessado. O cheiro de comida se misturava com o do lixo. Vi um negro alto e magro cantando no meio da rua: *Black girl, Black girl, don't lie to me. Tell me where did you sleep last night*[1]. Na frente dele

---

[1] "Garota negra, não minta para mim. Conte-me onde você dormiu a noite passada" - Canção folk americana geralmente conhecida como "In the Pines". Autor desconhecido.

havia um chapéu e uma plaquinha, feita de papelão, com o nome Leonard Fingerman.

— Por que "Fingerman"? — perguntei quando ele parou de cantar.

O negro me olhou de cima a baixo. No Kentucky eu não teria falado com ele, alguém da minha família poderia me dar um tiro, mas as coisas aqui pareciam um pouco diferentes, pelo menos na Maxwell Street.

— É porque esses dedos aqui fazem a guitarra gemer como se fosse uma dona — ele respondeu enfim, rindo.

Acendi um cigarro e dei outro para ele.

— Qual é o seu nome, camarada? — foi a vez dele perguntar.

— Abel M. Cain.

— O que o M. quer dizer?

— Murdo.

— Isso é um nome ou uma piada de mau gosto?

— Bem, meu pai ri até hoje. Minha mãe, nem tanto.

Rimos juntos dessa vez. Gostei do sujeito. Dava ares de ser esperto. Talvez ele pudesse me dar umas dicas sobre a região. Continuei a conversa.

— Sabe onde eu encontro uma boa jogatina por aqui?

— Você quer jogar? — ele perguntou e riu.

— Algum problema?

— Olha, um cara de fora como você tem que se cuidar — Fingerman disse.

— Está pensando que eu sou algum caipira?

— Não. Mas se o povo daqui é impiedoso com o próprio pessoal, imagina com os forasteiros. Essa cidade foi construída por imigrantes, tem de tudo por aqui: irlandeses, pretos, carcamanos, japas, chinas, russos, judeus, polacos... O problema é que quem chega por último leva a pior. Sempre foi assim.

— Não sou idiota. E já tive a minha cota de confusão na vida. Não nasci ontem.

— É durão, hein? — Fingerman pensou um pouco e olhou para os lados, como se estivesse esquadrinhando a rua. — Bom, tem um monte de opções então. Que tipo de jogo? Números? *Poker*? *Black-Jack*?

Gosto de *poker*, estilo *five-card draw*. Mas eu estava aberto a outras possibilidades.

— Um que seja limpo.

— Limpo? Cidade errada, meu camarada.

Nesse momento, percebi que a expressão do Fingerman havia mudado. Tive a impressão de que aquela última frase estava endereçada a ele mesmo. De súbito, o músico recolheu o chapéu do chão e o colocou sobre a cabeça, sem tirar antes as moedas que estavam nele. Não tinha grande coisa ali mesmo. Ele pegou a guitarra e, antes que pudesse dar no pé, foi impedido por um grito:

— Ei, "Lenny", meu velhinho, aonde você vai?

Três homens se aproximaram. Passaram por mim como se eu não existisse e cercaram Fingerman. Eram homens com aparência nada amigável, talvez poloneses, não reconheci o sotaque na hora. Vestiam uns ternos escuros baratos. Notei que o Fingerman começou a suar.

— Esqueceu da gente, é? Mas, não precisa se preocupar, a gente não esqueceu de você — o primeiro homem disse.

— Oi, pessoal. Eu já ia procurar por vocês mesmo —
Fingerman respondeu.

— Ah, que bom. Isso quer dizer que você tem o dinheiro então?

— Bom, sabe como é, camarada, a coisa não está fácil pra ninguém. Eu tinha a grana, sabe? Só que meu primo foi pra cadeia, aí eu tive que pagar a fiança dele. Mas, olha só, amanhã eu consigo tudinho. Prometo!

O primeiro homem, um baixinho metido, se aproximou de Fingerman e derrubou a guitarra das mãos dele com um tapa.

— Escuta aqui, crioulo, ou paga agora ou você vai se dar mal!

— Mas agora eu não tenho nada. Eu prometo que...

O homem deu mais um tapa em Fingerman. Dessa vez no rosto dele. Foi o suficiente para mim. Aquilo não era problema meu, mas, dane-se, não gosto de covardia. Três contra um?

— Ei, nanico, com esses dois capangas do lado, é muito fácil bater na cara de um homem, hein?

O baixinho deu a volta e me encarou.

— O que foi, caipira, perdeu alguma coisa?

Talvez tivesse perdido o bom senso, pensei.

— O cara já disse que não tem a grana. Se você quer bancar o durão, faça isso de homem pra homem, não com os seus amiguinhos ajudando.

Sem pestanejar, e usando a coragem que nasce no covarde quando ele anda em bando, o baixinho partiu para cima de mim. Desviei do golpe e mandei um safanão no ouvido dele, derrubando o otário. Os outros dois começaram a andar na minha direção, mas o baixinho os impediu com um gesto. Cheguei a pensar que ele tinha criado coragem. Ledo engano. O baixinho levantou e puxou uma faca daquelas retráteis, com mola.

Tirei o casaco e o enrolei no meu punho. Vim do Kentucky sem arma nenhuma. Eu não queria mais saber de rixas. Até cheguei a pensar em trazer o velho *Smith & Wesson 38 Special* comigo. Acabei desistindo. Se arrependimento matasse...

Bom, voltando à briga: ele tentou dar umas estocadas, mas não se aproximava o suficiente. Uma multidão fez um círculo à nossa volta. Um dos outros capangas gritou:

— Vai lá, Kowalski, fura ele!

O nanico veio com força sacudindo a faca. Desviei a facada com o punho protegido pelo casaco e mandei um direto de esquerda no nariz dele. Não teve jeito, o baixinho caiu estirado no chão com o nariz quebrado e sangrando muito. Nessa hora ouvi:

— Olha a polícia!

Senti um puxão na camisa. Era Fingerman.

— Aqui, Cain! Aqui!

Saímos correndo por umas vielas estreitas. Deixamos a multidão para trás. Acho que corri por uns cinco quarteirões sem parar até diminuirmos o passo. O cenário mudou bastante da Maxwell Street em comparação com as ruas que percorri, menos movimentadas e mais decadentes. Aquele era o famoso Lado Sul de Chicago. Depois de algum tempo, chegamos ao Black Belt.

De cara, ouvi os acordes daquelas músicas típicas que os negros cantam. Do estilo que meu companheiro Leonard Fingerman tocava. Apesar da familiaridade com o ambiente, a aparência dele não mostrava tranquilidade. Também eu comecei a ficar inquieto. Alguns olhares desconfiados me acertaram em cheio.

— E então, aonde estamos indo? Não gosto do jeito que me encaram por aqui.

— É que os brancos não vêm muito pra cá, meu camarada. Estamos longe da Maxwell Street. No resto da cidade as coisas não se misturam, está me entendendo?

Como no meu velho Kentucky, pensei.

— Mas relaxa aí — ele continuou. — Ficando junto comigo você não vai ter problemas.

A afirmação de Fingerman não me reconfortou muito. Eu o conhecia há cinco minutos e, quando dei por mim, estava em uma briga de facas. Em seguida, fugi da polícia e fui parar numa zona ainda mais perigosa.

Entramos em um beco cheio de lixo. No fim dele havia uma porta. Fingerman bateu e logo uma janelinha se abriu. Espiaram lá do outro lado. É óbvio que os olhos do porteiro caíram sobre a minha pessoa.

— Ele é amigo — Fingerman disse. — Me ajudou com uns cobradores. Quebrou a cara do Kowalski.

— Você perdeu o juízo, Lenny? — disse o sujeito do outro lado da porta. — Quer arranjar encrenca pro nosso lado? Eles seguiram vocês?

— Não, tudo limpo. Acho até que os canas pegaram os safados.

O homem abriu a porta e nos mandou entrar. Senti como se estivesse entrando em uma chaminé, tamanha fumaceira que impregnava a sala. Por outro lado, era uma fumaça doce, e aos poucos fui apreciando o gosto e o cheiro daquele tabaco.

Cinco outros homens estavam em volta de uma mesa redonda. Sobre ela, algum dinheiro e fichas de *poker*. Meu tipo de lugar.

— Quantas vezes vou ter que dizer pra não se meter com o pessoal do Lado Norte, Lenny? — disse um homem de barba quase grisalha e chapéu coco. — Não sabe que os irlandeses comedores de batata odeiam o nosso povo tanto quanto os carcamanos daqui do Sul?

— Eu sei, Muddy. É que eles estão todos os dias agenciando as apostas na Maxwell Street. O Kowalski me disse que era uma aposta certa. Que a luta estava arranjada.

— Uma aposta certa nem sempre significa uma aposta ganha.

— O que você quer dizer com isso? — perguntei, me intrometendo no assunto. Muddy sorriu e olhou bem nos meus olhos.

— Quando se aposta em gente, nunca dá pra saber o resultado de verdade. Lembro um boxeador, Jimmy Fitzpatrick. Irlandês, apesar de branco, tinha brio. Trinta e duas vitórias. Um dia, a North Side Gang disse ao velho Jimmy que ele tinha que perder. Sabe como é, o Jimmy ganhava sempre, então todo mundo apostava nele. Não dava lucro. Os figurões apostaram no adversário e mandaram Jimmy cair. Sabe o que aquele irlandês maluco fez? Ele foi lá e ganhou a luta no segundo *round*.

— E o que aconteceu?

— O que você acha? Mataram o coitado. Encheram o irlandês de chumbo.

Eles ficaram em silêncio por alguns segundos, tragando os cigarros. Em seguida, Muddy continuou:

— Já trabalhei pra essa gente do Lado Norte. Eles até aceitam um negro no time, quando ele faz o que mandam. Mas, eu era descartável, nunca tive dúvidas disso. E no fim cansei de ficar ajudando os brancos a explorar meu próprio povo. Então, decidi fazer o meu negócio aqui no Black Belt.

— E me parece que surgiu a oportunidade de fazer algo mais — disse outro homem apontando para mim.

— Qual é a ideia, Burnett?

O tal Burnett levantou da cadeira e andou na minha direção.

— Se o nosso amigo aqui estiver a fim de arranjar uma grana, talvez ele possa nos ajudar com um trabalho — o sujeito puxou um revólver do cinto e começou a girar o tambor. — Temos que fazer como o pessoal do Harlem. Madame St. Clair é uma rainha por lá. Nem os carcamanos se metem com ela, e em Nova York eles são tão fortes quanto em Chicago. Acho que é hora de conquistar território.

Mais uma vez o silêncio caiu sobre a sala. Eu não estava gostando muito do rumo daquela conversa. Contrariando qualquer sinal de bom senso, resolvi arriscar:

— O que você quer de mim?

— Quero que você seja o nosso homem infiltrado em um golpe.

14

— A história do cassino de novo, Burnett? — Fingerman interrompeu. — Assaltar o *Continental* e arranjar problemas com os italianos? Só pode ser brincadeira.

Os olhares de todos se voltaram para Burnett.

— Não, não é isso. Pensei em uma coisa mais simples. O Rossi, um dos capangas do *Continental*, opera uma jogatina num quarto dos fundos no Hotel Commodore. Só umas três mesas de *poker*. O carcamano está colocando em prática o que aprende no cassino. Por fora, entenderam? Eles não aceitariam nenhum de nós nesse jogo. Mas podem aceitar o nosso amigo desbotado aqui. Rola grana alta nessas partidas. A ideia é a seguinte: o branco entra no jogo, participa de umas rodadas, vai no banheiro, um de nós passa uma arma pela janela, ele sai, rende os leões de chácara, a gente entra, limpa todo mundo e o cofre que serve de "banco".

Muddy exalou a fumaça no ar, pensativo.

— Quanto você acha que a gente consegue?

— Uns dez mil, por baixo.

Alguém assobiou. Não sei se era o efeito daquele tabaco, mas comecei a pensar que o plano de Burnett não era de todo ruim.

— Não tem erro — Burnett continuou. — Tenho pensado nisso há meses. E o melhor de tudo? Rossi não vai poder fazer nada, já que ele esconde esse joguinho dos patrões. Se aquele cara que administra o *Continental*, o tal Borgese, fica sabendo, o Rossi morre certo.

— Bom, muito bom. Mas, se ele esconde isso dos patrões, como foi que você descobriu que o tal Rossi é o dono do jogo?

— Não conhece esses carcamanos? Eles nos odeiam, mas não podem ver uma pretinha na frente. Ele é cliente da minha prima, Eula Lee, e contou tudo pra ela. A coitada acha que o babaca vai juntar uma grana e casar com ela.

Fazia sentido. Por mais que não se possa acreditar no que um cara fala a uma prostituta, Rossi não inventaria uma mentira que poderia acabar mal só para impressionar uma mulher que ficaria feliz com cinco dólares.

— E então, Muddy, vamos em frente?

— Primeiro você tem que perguntar ao branco se ele entra nessa com a gente. Sem ele, não tem plano.

Droga, quem está no inferno tem que abraçar o Diabo, pensei.

— Eu topo.

Fingerman saltou da cadeira e disse:

— Vocês sabem que podem contar comigo pra tudo, mas, se pelo menos tivéssemos uma *Tommy* como os carcamanos e os irlandeses, eu entrava nessa mais tranquilo...

— É, não temos uma metralhadora — disse Burnett —, mas não quer dizer que a gente não tenha poder de fogo — ele abriu um baú de madeira e tirou de lá duas escopetas de cano duplo serrado. Senti como se estivesse de volta ao Kentucky, e não gostei nada.

As horas seguintes se passaram com o planejamento do golpe. Burnett tinha a história toda na cabeça. Até uma planta tosca do Hotel Commodore ele desenhou. O quarto onde rolava a jogatina ficava no quinto andar. O hotel quase encostava no edifício ao lado, a vista não era das melhores. Por isso, alguém podia alcançar a janela do banheiro com facilidade, usando uma tábua, e enfiar a arma por ali. No momento em que eu pegasse a arma, Burnett e outros três entrariam pelos fundos do hotel, subiriam as escadas correndo e entrariam no quarto, onde eu já teria dominado os dois leões de chácara. Simples.

Saímos às nove da noite. Fomos de carro, mas eu desci sozinho algumas quadras antes do hotel, evitando suspeitas. Percorri as calçadas sem muita preocupação, o tabaco do pessoal de Fingerman provocava um efeito engraçado. Dentro de poucos minutos cheguei ao Commodore, um hotel de quinta categoria. Fui até a recepção e falei a senha, como havia sido instruído:

— Procuro por Wild Bill Hickok.

Segundo contaram, Rossi havia ouvido a história do famoso pistoleiro e desejava criar um cassino chamado Dead Man's Hand. Péssimo nome, em minha opinião. Quem iria querer jogar num lugar com um nome desses?

O recepcionista me deu uma ficha com o número 58 gravado.

— Este é o quarto do Bill — ele disse.

Peguei o elevador e subi ao quinto andar. Encontrei o quarto número 58 quase no fim do corredor. Um cheiro de mofo pairava no ar. Bati na porta e uma fresta se abriu. Mostrei a ficha para o leão de chácara e entrei. Ele me revistou e fez uma careta.

— Ei, você caiu de um caminhão de porcos ou o quê?

— Pra falar a verdade, caí sim.

— É mesmo, engraçadinho? Tem dinheiro pra entrar aqui?

Tirei um rolo de notas de dez do bolso interno do casaco e o balancei na cara dele. O leão de chácara apontou as mesas com o charuto em sua mão. Uma das mesas ainda comportava mais um jogador. Puxei a cadeira e sentei.

Vinte pessoas ao todo abarrotavam o quarto. Seis em cada mesa de jogo e dois capangas armados. Não havia muito espaço para movimentação. Seria um assalto apertado.

Bem à minha frente sentava o jogador que servia como banco. Ele nem se deu o trabalho de olhar para mim e foi distribuindo as cartas. O homem mastigava um charuto no canto da boca e usava um chapéu Borsalino puxado para trás, exibindo a testa larga.

Logo na primeira partida, venci. Sou bom nisso. Um dos jogadores que perdeu dinheiro na rodada decidiu que era hora de parar. Já estava devendo. Na porta, ouvi a conversa dele com o leão de chácara:

— Ei, Joe, sabe se encontro o Antonino essa hora? Preciso de uma grana.

— Como anda o seu crédito?

Engraçado como as coisas funcionam aqui no Lado Sul. O cara perde a grana na jogatina ou apostando em lutas e cavalos. O jogo pertence aos carcamanos, o *bookmaker* também. Então, o cara pede um empréstimo para pagar a dívida com um agiota. Um agiota carcamano, claro. E assim segue o círculo vicioso. Vida dura.

O homem do Borsalino distribuiu as cartas para mais uma rodada. Logo, vieram as apostas e as trocas de cartas. Mais apostas. Jogadores foram se retirando da partida. Alguém pagou para ver. Ganhei.

Mais uma rodada passou sem que ninguém se manifestasse. Ao fim da rodada seguinte, o homem do Borsalino falou, sem levantar os olhos.

— É a quarta vez que você ganha.

— Estou com sorte hoje.

— Espero que sim. Detestaria que você estivesse trapaceando. Sabe o que acontece com trapaceiros? — finalmente ele tirou os olhos da mesa e me encarou.

— Não. Sabe por que eu não sei? Porque não sou trapaceiro.

— Bom, uma historinha então para você ficar sabendo. Já ouviu falar do Nick "Maneta" Carducci?

— Eu deveria?

— Era um jogador que costumava aprontar por aqui. Ele fingia que tinha só a mão esquerda. Jogava como o diabo e ganhava um monte de dinheiro, aquele bastardo. Nós não desconfiávamos de nada. Afinal, como é que alguém ia roubar no jogo só com uma das mãos? Acontece que o espertinho tinha as duas mãos e era uma espécie de mágico. Usava a "deficiência" pra nos enganar.

— Bem pensado.

— Sim, muito bem pensado. O Carducci tinha inteligência.

— E o que aconteceu com ele, afinal?

— Que fim levou o Nick Carducci? Bom, só posso dizer que agora ele é maneta de verdade.

Todos na mesa riram. Ri junto para mostrar o quanto aquela tentativa de intimidação não me afetava.

— A história foi muito boa, ri tanto que preciso dar uma mijada. Onde é o banheiro?

Um dos capangas abanou a cabeça na direção de uma porta.

Entrei e já olhei pela janela. Tive que subir no vaso sanitário para conseguir ver alguma coisa. Sinalizei com a mão. Do outro lado surgiu uma tábua com um revólver preso na ponta. Estiquei o braço e agarrei a arma. Não foi difícil. Abri o tambor e verifiquei a munição. Seis balas calibre 38 reluziram na luz amarelada do banheiro.

Fiquei tentando me decidir se já saía com a arma em punho e anunciava o assalto, ou se esperava um pouco. Não tinha ideia de quanto tempo Burnett e seus homens levariam para subir as escadas e eu era apenas um para controlar dezenove homens. Quando penso bem hoje, percebo que esse plano tinha mais furos que um queijo suíço.

Resolvi sair com a arma na mão e senti o coração disparar. Abri a porta do banheiro e saí o mais rápido que pude. Antes que eu conseguisse fazer qualquer coisa, fui surpreendido por uma mudança de cenário.

Debaixo da soleira da porta estava um homem com um curativo no nariz. Kowalski. Logo atrás dele, três homens armados com metralhadoras Thompson. Eles entraram no quarto lentamente e ficaram lado a lado. O jogo parou. Todos olhavam para os quatro pistoleiros.

— O que vocês querem aqui? — disse o homem do chapéu Borsalino.

— Queremos aquele sujeito ali — Kowalski apontou para mim.

Todos os olhares da sala se voltaram para o meu lado.

— É muita coragem você ficar andando por aí depois do que fez — disse Kowalski.

— Não costumo me esconder — mentira. No fundo, não estava eu me escondendo em Chicago?

— Agora acabou a festa, você vem com a gente!

Percebi um movimento atrás deles.

— Não. Agora é que a festa vai começar! — eu disse.

Burnett e seus homens entraram na sala e, ao verem os pistoleiros carregando *Tommy Guns* como se fossem brinquedos novos, não tiveram dúvidas: atiraram. Em segundos, o quarto número 58 do Hotel Commodore virou um inferno. Tiros de metralhadoras, escopetas e pistolas voaram por todos os lados.

Por instinto, me joguei no chão e também atirei. Os homens de Kowalski dispararam a esmo, sem saber se os inimigos eram os leões de chácara ou o grupo de invasores. Todos atiraram contra todos. Acho que consegui acertar um dos homens de Kowalski, ou talvez fosse um dos jogadores perdidos no fogo cruzado. O barulho foi ensurdecedor.

Quando o tiroteio cessou e a fumaça da pólvora se dissipou um pouco, vi a extensão do massacre. Não havia um único homem de pé dentro do quarto. Os mortos se empilhavam uns sobre os outros. Os feridos gemiam. Os que conseguiram sobreviver ilesos haviam arrombado a porta de ligação com o quarto seguinte e fugido por ela.

Levantei. Uma bala tinha arranhado meu ombro. Avistei Burnett sentado no chão ao lado da porta. Estava encostado na parede e segurava a barriga com as duas mãos. Saltei sobre os cadáveres e fui até ele. Sangue ensopava a roupa do coitado. Ele levantou a cabeça e me encarou com olhos já distantes. Eu não podia fazer nada para ajudá-lo, então, corri.

Na saída do Hotel, dei de cara com Fingerman. Ele que havia me passado a arma pela janela, acredito eu.

— Cain, meu Deus do céu, o que aconteceu?

— Você tem sorte, rapaz. Vamos cair fora daqui! — gritei e o puxei pelo braço. Tarde demais. Ouvi um estrondo e Fingerman foi arremessado para frente. Saquei a arma, dei a volta e atirei. Kowalski, já banhado em sangue por causa dos ferimentos no tiroteio anterior, recebeu um tiro fatal na testa. Ele caiu estatelado na calçada.

Fiquei de joelhos ao lado de Fingerman e tentei erguê-lo do chão. Ele balançou a cabeça negativamente.

— A sorte não existe — disse Fingerman antes de morrer.

E agora aqui, na traseira desse caminhão de feno, penso que ele tinha razão.

A CULPA É DA NOITE

A placa dizia: "Precisa-se de ajudante". Bem, e eu precisava de algum dinheiro para continuar a viagem. Depois de muitas traseiras de caminhão e vagões de trem, eu havia chegado à New Orleans sem um tostão no bolso. Pela manhã, passei um golpe batido em um restaurantezinho de beira de estrada para comer alguns ovos e tomar café, mas não podia continuar assim.

Coloquei a placa debaixo do braço e bati à porta do *Cooley's Jazz Joint*. Um homem negro, já velho, atendeu.

— Estou interessado nesta vaga — eu disse mostrando a placa. — Com quem eu falo?

O homem abriu a porta e, sem dizer nada, sinalizou com a cabeça para que o seguisse. Entrei pela cozinha, mas logo fui para o salão principal. Uma banda de música ensaiava no palco apertado. Um sujeito bem jovem, devia ter uns 25 anos, fazia um solo de trompete. Quando terminou, começou a cantar. Parei um instante e prestei atenção na letra tétrica que dizia ...*see my baby there. She was stretched out on a long white table, so sweet, so cold, so bare.*[1] Notei uma garota negra linda, bem vestida, assistindo os músicos. Digo, não todos os músicos, seus olhos estavam na verdade fixados apenas no vocalista.

---

[1] "...vi minha garota lá, esticada sobre uma longa mesa branca, tão doce, tão fria, tão desprotegida." — St. James Infirmary, canção tradicional sem autor conhecido.

O velho pigarreou para chamar minha atenção. O acompanhei até a porta de um escritório. Ele bateu e esperou. A porta se abriu e enfim ouvi sua voz:

— Senhor Cooley, tem um homem aqui querendo a vaga.

Ouvi um sotaque carregado do outro lado da porta, mas não entendi o que dizia. O velho indicou com a cabeça que eu podia entrar.

Dentro do escritório pequeno e abafado, um homem gordo estava sentado atrás de uma mesa. Havia um ventilador no teto que girava tão lentamente que mais devia ser um artigo de decoração. Outro ventilador menor estava sobre a mesa, direcionado para o rosto do gordo. Tinha um outro sujeito com cara de poucos amigos esparramado em cima de uma poltrona estofada no lado oposto da mesa. Ele ficou me encarando assim que entrei.

— Preciso de um cara durão aqui — o gordo, que devia ser o tal de Cooley, disse. — Perdi meu leão de chácara esta semana, só fiquei com o Buzz ali, que é meu segurança pessoal. Você não parece ser daqui.

— Venho do Kentucky — eu disse.

— Um maldito caipira.

Buzz riu do outro lado da sala. Não entendi qual era a piada.

— Mas somos cascas grossas. Já ouviu falar dos Hattfields e dos McCoys?

Cooley ergueu uma sobrancelha e me olhou direto nos olhos. Em seguida, acendeu um charuto e começou a descrever o serviço. Não era nada bom: pouca grana e um belo risco de ter a cabeça partida por uma garrafada. Mas aprendi que em tempos de guerra todo buraco é trincheira, então, decidi aceitar.

A primeira noite foi tranquila, só botei dois vagabundos que tinham bebido além da conta para fora. A banda da casa, os Gumbo Five, tocou sem parar. Eu havia começado a gostar dessa música negra lá em Chicago, e o que se tocava em New Orleans me parecia ainda melhor. A garota que vi durante o ensaio assistiu ao show com os olhos parados sobre Freddy, o cantor e trompetista, até ser chamada pelo capanga pessoal do Cooley e entrar no escritório. Depois, não a vi mais.

Na hora de fechar, Freddy sentou ao meu lado no balcão, acendeu um cigarro e puxou conversa. De partida, ele me pareceu ser gente boa. Como ele viajava bastante para tocar, nosso principal assunto foi a estrada. Também falamos de mulheres, claro. Aí, lembrei da garota na plateia.

— Essa é Imabelle, não fale sobre ela aqui — ele disse aos sussurros segurando meu braço. Ao perceber minha surpresa, ele completou. — É a garota do Cooley.

— Desculpe, não quero causar problemas — eu disse.

— Tudo bem, cara. Só tome cuidado com esse nome aqui dentro. A noite tem muitos perigos e aquela garota é um deles — ele parou uns instantes e fumou em silêncio. Depois falou: — Ei, você disse que chegou hoje na cidade. Tem onde dormir?

Respondi que não e ele me convidou para ficar no quarto que alugava. Seu companheiro original havia saído da cidade e ele precisava de alguém para dividir o aluguel.

25

Eu pagaria minha parte quando recebesse o salário da semana. Perguntei se não teria problema um cara branco dividir um quarto com um negro e ele só disse:

— Isso é New Orleans, cara.

Os dias foram passando, viraram semanas, e uma rotina agradável, a princípio, se formou. Fiz amizade com quase todos os empregados, desde os músicos ao pessoal da cozinha. Bem, só não fiquei amigo mesmo do chefão e do capanga, Buzz. Freddy tornou-se quase um irmão, embora tivesse os seus mistérios. Apesar das confusões ocasionais, o *Cooley's* era um lugar calmo, frequentado por gente de classe razoável. Mas, depois de um tempo, ele começou a parecer um lar de verdade, e a velha febre da estrada voltou a se manifestar. Não gosto de ficar parado.

Certa tarde, quando eu estava chegando ao trabalho, já pensando em partir, entrei na cozinha e ouvi uns sussurros que vinham da despensa. Ouvi a voz de Octavia, a cozinheira, e de alguma outra mulher. Não achei que se tratasse de algo importante, então andei até lá para pedir um sanduíche à Octavia. Quando cheguei perto da porta, a outra mulher disse:

— Mas o Cooley vai me matar!

Parei onde estava e não dei mais um passo. Quase dei a volta, não sou de ficar ouvindo conversa alheia. Mas por algum motivo fiquei.

— A velha Mama sabe dar um jeito nessas coisas — Octavia disse. — Só preciso de um tempo pra arranjar tudo com ela, você vai ver. Não se preocupe e aguente firme, menina, o Cooley não vai saber de nada.

Saí de perto da despensa e fui para o outro lado da cozinha. Fingi que tinha acabado de chegar quando elas apareceram. A mulher que conversava com Octavia era Imabelle. A garota nem olhou para mim e deixou a cozinha apressada. Octavia me encarou, talvez tentando ver no meu rosto se eu havia ouvido a conversa. Sorri e pedi algo para comer.

Foi na noite seguinte que a coisa desandou. No intervalo do show dos Gumbo Five, vi Freddy ser chamado ao escritório por Buzz. Em seguida, Buzz surgiu na porta e me chamou com um gesto. Deixei o bar, não iriam precisar de mim naquele momento mesmo, e entrei no escritório. Freddy e Buzz estavam de pé na frente da mesa do Cooley. O gordo fumava um charuto fedorento.

— O que foi? — perguntei.

— Talvez a gente precise de uma ajudinha sua — disse Buzz.

— Parece que o nosso amigo aqui tem algo pra nos contar — o Cooley disse apontando o charuto para Freddy.

Encarei Cooley, meio sem entender, e me virei para Freddy, que parecia nervoso. No mesmo instante percebi o que estava acontecendo.

— Não entendi, Cool. Qual o problema? — o Freddy respondeu.

— Claro que não entendeu, garoto. Claro que não.

Cooley sinalizou para o capanga e ele deu uma chave de braço no Freddy. O cara não reagiu, e Buzz o dobrou sobre a mesa do escritório.

— Ei, pessoal, o que está acontecendo aqui? — eu disse.

27

Com a cara encostada no tampo da mesa, Freddy tentou conversar:

— Cool, eu não fiz nada. Juro! Não sei o que te contaram, mas deve ser mentira.

— Meu nome é Cooley, garoto. Você perdeu o direito de me chamar de outro modo.

— O que a gente vai fazer com ele, chefe? — disse o Buzz.

— Segure o bastardo aí por enquanto.

Cooley tirou o charuto da boca e encostou a ponta acesa no rosto do Freddy. O músico se contorceu, mas gemeu baixo.

— Que merda é essa? — gritei ao ver aquela cena.

— Cale essa boca e venha aqui me ajudar a segurar o negro — Buzz disse.

— De jeito nenhum. Não interessa o que o Freddy tenha feito, não vou participar disso.

— Se gosta desse emprego, idiota, é bom fazer o que o Buzz mandou.

Fiz o que Buzz mandou. Bem, uma parte pelo menos. Fui até ele, o puxei pelo ombro e acertei um murro bem dado no olho dele. Mas o capanga era forte, ele se recuperou logo e veio para cima de mim. Não adiantou muita coisa, pois Freddy o interceptou no meio do caminho com uma joelhada no estômago. Doeu até em mim. Buzz caiu de joelhos com as mãos na barriga.

Cooley parecia ter visto um fantasma. Mesmo assim, vi que ele começava a abrir uma gaveta da mesa. Corri e a fechei nos dedos dele. O gordo gritou como um porco sendo abatido. Abri a gaveta e tirei de lá um revólver 38.

Special. Verifiquei se estava carregado e continuei com ele em punho para desencorajar qualquer reação dos dois.

— Agora nós vamos sair, fiquem paradinhos aí — eu disse.

Enquanto eu apontava a arma, Freddy caminhou para a porta. Ele mal havia tocado na maçaneta e o Cooley falou:

— Sei que você andava com a Imabelle, seu bastardo. Mas você não vai mais aproveitar, porque a sua negrinha vagabunda morreu.

Por um instante, Freddy pareceu congelar. Então, correu para trás da mesa e agarrou Cooley pelo colarinho.

— O que você disse, canalha? O que você fez com ela?

— Não fiz nada. Pergunte a Mama Caleba. A neta dela contou tudo.

De súbito, Freddy soltou o homem. Ele deu a volta e vi seus olhos vermelhos. Pude perceber que o músico se esforçava para não chorar. Algo, talvez aquele nome, o acertara como um tiro no peito. Freddy abaixou a cabeça e saiu de lá. Eu o segui, e larguei o revólver no latão de lixo que ficava nos fundos da cozinha.

Na rua, caminhando apressado e com a cabeça baixa, Freddy disse:

— Ela estava grávida, não acredito.

— Imabelle? — perguntei já sabendo a resposta.

— Mama Caleba é famosa com o pessoal do Bairro Francês. Ela usa umas ervas pra fazer abortos. E outras coisas também...

Como não havíamos pego o caminho de casa, concluí que estávamos indo atrás da tal Mama. Andamos por

29

uma meia hora, e Freddy contou sobre seu relacionamento secreto com Imabelle. Chegamos então a uma casa de madeira pintada de verde. Na porta, uma velha de porte altivo observava o movimento da rua de terra. Deve ter reconhecido Freddy, pois disse:

— Eu sabia que você viria. Vamos entrando, ela está aqui.

A casa, que parecia pequena pela frente, era comprida e tinha várias peças. Um corredor interminável levava à todas elas. Passamos por um quarto de dormir e dentro dele vi uma menina, não devia ter mais de 15 anos, sentada em uma cama com o rosto meio inchado e avermelhado. Acho que tinha levado uns tapas.

— É minha neta — Mama Caleba disse olhando para mim. — Está de castigo. A vizinha me disse que viu a safadinha abrindo o bico para o capanga do Cooley. Ela sempre teve inveja de Imabelle.

Seguimos em frente e chegamos ao último quarto da casa. O lugar tinha cheiro de mijo e sangue. Debaixo de uma luz amarelada, jazia o corpo de Imabelle. Parecia nua, mas um lençol encardido cobria a maior parte de seu corpo. Lembrei daquela canção que o Gumbo Five tocava quando entrei no Cooley's pela primeira vez. Sem tirar os olhos da garota, ouvi a voz do Freddy:

— Eu nunca devia ter respondido aquele olhar.

Este foi um daqueles momentos em que você não sabe o que dizer. Então, apenas coloquei minha mão no ombro dele.

— Culpa da noite, Cain — Freddy me disse com lágrimas nos olhos. — A culpa é da noite.

O TREM

Eu o encontrei no fim da manhã, logo depois de ter passado por uma cidadezinha chamada Pottsvile. Ele estava encostado numa árvore seca, o único ponto que se erguia no terreno arenoso ao redor dos trilhos do trem. Antes de vê-lo, ouvi alguns acordes estranhos e sua voz áspera, que cantava *I'm going down this road feeling bad, oh, and no, I ain't a-gonna be treated this a-way*[1]. Quando fiquei diante dele, entendi o porquê do som estridente de suas notas. Ele olhou para mim e, talvez percebendo minha curiosidade, disse:

— Essa guitarra só tem duas cordas agora. Quando elas arrebentarem, eu vou me arrebentar junto.

O homem tinha sangue coagulado e sujeira por todo o corpo, mas ainda assim sorria. Era bem jovem, não devia ter muito mais de vinte e poucos anos. Não usava chapéu, o que explicava o rosto queimado de sol. Tirei dois cigarros do bolso do casaco e ofereci um a ele. Enquanto ele erguia o braço para pegá-lo, perguntei:

— Esperando o trem, amigo?

— Sim, estou esperando o trem — ele respondeu depois de tragar com gosto o cigarro que eu havia acabado de acender.

— Não tem trabalho em Pottsvile — eu disse — então pensei em subir num vagão por aqui. Essa árvore me

---

[1] "Estou seguindo essa estrada entristecido, oh, e não vou mais ser tratado assim" – Goin' Down the Road, canção tradicional sem autor conhecido.

pareceu o melhor local pra esperar. Vejo que você teve a mesma ideia.

— Estou esperando o trem sim, mas não disse que vou subir nele — ele deixou a guitarra de lado e levantou a barra da calça mostrando sua canela esquerda. Um osso saltava para fora, quase rasgando a pele arroxeada. — Aqueles bastardos não querem que eu vá a lugar nenhum. Ah, não querem — ele completou, sacudindo a cabeça na direção da cidade.

Não gosto muito de me envolver em confusão alheia. Por isso, não havia perguntado nada sobre o estado dele. A visão daquela perna, porém, me fez mudar de ideia. Perguntei o que havia acontecido, embora pudesse imaginar por causa da frase que estava escrita na guitarra dele.

— Já apanhei muito nessa vida — ele respondeu — mas os canalhas bateram pra valer dessa vez. Sabe, camarada, eu ando por aí falando com os trabalhadores. Toco uma ou duas canções pra atrair o pessoal, gente simples que os ricaços usam e depois jogam fora. Aí eu falo. Ah, como eu falo! Precisa ver os olhos deles quando me ouvem.

— Mas tem gente que não gosta dessa conversa — eu disse.

— Pode apostar que não, camarada.

Lembrei dos grevistas nas minas de carvão em Harlan. Lá a coisa parece uma guerra de verdade, com direito a bombas e tudo mais. As companhias de carvão têm a polícia no bolso, e os pistoleiros também. Mas os sindicalistas não deixam barato.

— Temos que dar um jeito de arrumar essa perna aí — eu disse me abaixando para ver melhor. O homem riu, e fiquei ali sem entender o motivo. Logo o riso acabou numa careta de dor.

— Se fosse só isso, até que daria pra tentar botar o maldito osso no lugar. Mas não é. E levando em conta que você não parece ser nenhum clínico geral, acho que não tem jeito não. Como eu disse, bateram pra valer, os desgraçados. Quebraram minhas costelas, posso sentir os ossos arranhando o pulmão. Não se engane, camarada, eles me deixaram aqui pra morrer.

Olhei de volta para a cidade e fiquei pensando, um homem não pode morrer desse jeito, droga. Tinha que haver uma alternativa. Mesmo numa cidadezinha desgraçada como Pottsvile deveria ter alguém com um mínimo de consideração pelo próximo. E não digo isso pensando nessas bobagens de religião, e sim, em termos de consciência humana mesmo.

— Lembro de ter visto uma espécie de enfermaria quando andei pelo centro da cidade. Posso fazer uma visita a eles e tentar trazer alguém pra cá. Ou, quem sabe, arranjar pra você ir até lá à noite, sem ninguém ver.

O homem tragou o cigarro profundamente e tossiu. Encher demais os pulmões com fumaça não me parecia uma boa ideia. Ele jogou o cigarro fora e disse:

— Aprecio a sua intenção, camarada, mas acho que é perda de tempo.

— Bem, não tenho nada melhor pra fazer agora mesmo.

Ele deu de ombros e puxou a guitarra de volta.

— Não saia daí — eu disse com um sorriso.

Dei a volta e comecei a andar na direção da cidade. O sol do meio dia queimava meu pescoço. Pensei que podia ter deixado meu chapéu com o agitador, mas já estava no meio do caminho e não ia voltar até lá. Quando cheguei perto das primeiras casas, o trem passou. Uma oportunidade que se perdia, o próximo ainda iria demorar. Mas, dane-se, não sou de negar ajuda a quem precisa.

Atravessei as ruas principais no meio da poeira. Não havia muita gente à vista, a julgar pela hora deveriam estar dentro de casa almoçando. Demorei um pouco para encontrar a enfermaria, pois não lembrava bem dos prédios centrais e também evitei falar com quem passava por mim. Com um pouco de persistência, encontrei o que queria.

Entrei no prédio de tijolos vermelhos que tinha uma placa pendurada sobre a porta onde se lia ENFERMARIA. Apesar da porta aberta, não vi ninguém na recepção. Segui o corredor que saía daquela sala até os fundos do prédio. Encontrei um quarto grande com uma fila de camas. Na última delas, um médico conversava com um doente. Pigarreei para chamar a atenção.

— O que você quer? — ele disse após olhar rapidamente na minha direção. Considerando o pouco interesse que demonstrou, ele deve ter percebido que sou um vagabundo.

— Procuro um médico.

— Você me parece bem.

— Não é pra mim.

O médico deixou o paciente e se aproximou. Seus olhos me analisavam.

— E para quem seria?

34

— Um amigo. Ele está fora da cidade e precisa de ajuda.

— Ora, você só precisa trazê-lo até aqui — ele disse com certo ar de deboche.

— Bem — fiz uma pausa — digamos que ele não seja muito bem-vindo aqui em Pottsvile. Por isso eu preciso de um pouco de discrição e outro tanto de boa vontade.

Observei a expressão do médico ficar séria. Ele começou a dizer algo, mas foi interrompido por uma voz infantil. Olhei para trás e vi um garoto carregando uma bandeja de almoço.

— Coloque isso em cima da mesa garoto — o médico disse. — E vá chamar o Roy, por favor — ele adicionou.

No mesmo instante, percebi o que estava acontecendo. Às vezes, um médico pode ser quase um santo. Mas também pode ser um demônio sem coração.

— Doutor, acho que meu amigo deve estar se sentindo melhor — eu falei, já acenando uma despedida.

— Esse seu amigo — o médico disse — não seria, por acaso, aquele agitador que andou por aqui?

Mal ouvi as últimas palavras do médico, pois estava quase chegando à porta de entrada. Ao sair, havia uma comitiva me esperando.

— Roy — ouvi o médico atrás de mim —, este senhor aqui precisa de ajuda para sair da cidade. Pode providenciar isso?

Os desgraçados me escoltaram. Passar pelas últimas casas não foi o suficiente para eles, só me abandonaram no começo do deserto. Como despedida, disseram o que fariam comigo caso me vissem na cidade outra vez. A ideia de procurar ajuda entre os trabalhadores me ocorreu, mas, provavelmente, o medo impediria qualquer um de me acompanhar.

Desanimado, voltei até a árvore seca onde o "agitador" descansava. Ao reencontrá-lo, ele nada disse, apenas olhou para mim e sorriu. Balancei a cabeça concordando com aquela mensagem silenciosa que dizia "eu avisei". A aparência dele havia mudado um pouco, estava descorado e menos alerta.

Tirei meu baralho do bolso e o mostrei a ele. Usamos o tampo do violão para um joguinho de *poker*. Assim, o tempo foi passando. A tarde caiu e, com ela, a temperatura. O homem tremia, um tanto pela febre, outro pelo frio. Trocamos poucas palavras durante o jogo, silêncio esse que foi quebrado pelo apito do trem das oito horas.

— Bem, acho que está chegando a hora de cairmos fora daqui — eu disse. Comecei a recolher as cartas e pendurei o violão no meu ombro.

— O que você quer dizer com isso?

— Que nós vamos tentar pegar esse trem.

— Ficou doido, camarada? — disse o agitador, parecendo atônito.

— Vamos lá!

Coloquei o braço dele sobre meus ombros, levantei seu corpo com cuidado, e andamos juntos até os trilhos. Ele reclamou um pouco enquanto saltitava num pé só apoiado em mim, mas acho que cheguei a ver em seus olhos uma ponta de esperança. Àquela distância da estação, o trem já estaria com uma velocidade bem alta ao nos alcançar. Seria difícil, mas eu queria tentar de qualquer jeito.

Ficamos de pé bem perto dos trilhos. O maquinista poderia nos enxergar, com certeza, o céu ainda estava claro. Porém, caso conseguíssemos embarcar, ninguém apareceria para nos incomodar até a parada seguinte. Só precisaríamos saltar antes disso.

— Meu camarada, eu não vou conseguir — o agitador disse então.

— Aguente só um pouco mais. O trem vai sair da estação logo.

— Já é difícil pra um homem sozinho subir num vagão assim. Comigo nesse estado, nenhum de nós vai embarcar naquele trem.

— Não vamos saber sem tentar.

— É? Então vamos tentar agora mesmo, ah, se vamos! Quando eu contar...

Ele contou e, quando chegamos ao número três, ensaiamos um salto. Caímos juntos. Não foi possível manter o equilíbrio e acho que, caso fosse o pulo verdadeiro e eu tivesse conseguido agarrar o puxador da porta do vagão, o agitador teria quebrado meu pescoço. A cena patética pelo menos mostrou o quanto minha ideia era estúpida.

Ouvi um apito, o trem partiria em breve de Pottsville. Eu o carreguei de volta para a árvore. Ele pegou o violão. Apenas uma corda restava após a queda. Com a voz fraquejando, ele disse enquanto dedilhava algumas notas:

— Há muitos anos, li uma história de Jack London sobre um sujeito que precisava fazer uma fogueira

37

na neve pra conseguir sobreviver. Só que ele não consegue e, depois de perder a cabeça por um instante quando percebe que vai morrer, decide se acalmar e morrer com dignidade.

Acendi um cigarro e ofereci outro a ele, que recusou com um movimento leve da cabeça. Eu sabia o que ele queria dizer com aquilo tudo, mas perguntei mesmo assim.

— Camarada, pegue esse trem — ele respondeu.

— Como posso deixar você aqui desse jeito?

— Ficar não vai adiantar nada.

O trem saiu da estação. Seu som mecânico encheu a noite. Olhei na direção dele e senti um peso dentro de meu peito. Eu ainda precisava fazer algo.

— Vou tentar encontrar ajuda na próxima cidade — eu disse.

— Você já fez muito por mim, camarada, não se preocupe. Pelo menos agora eu posso dizer uma coisa que até hoje cedo não podia: o último homem que conheci na vida foi um homem decente.

— Já me chamaram de muitas coisas nessa vida, mas de "decente" é a primeira vez.

Quando dei por mim o trem se aproximava. Titubeei por alguns segundos, sem saber o que fazer.

— Adeus, camarada — o agitador disse.

— Adeus, amigo. Ei, agora percebi que nem sei seu nome.

— Johnson, e o seu?

— Cain.

— Então, adeus, Cain.

Acenei com a cabeça e corri na direção do trem que passava em alta velocidade. Sem olhar para trás, saltei e agarrei a porta de um vagão. O balanço quase me fez cair. Definitivamente, eu jamais teria conseguido fazer isso carregando o tal Johnson. Abri a porta e entrei. Demorei uns instantes para recuperar o fôlego, em seguida, coloquei a cabeça para fora. Mal pude ver a árvore.

Talvez eu conseguisse alguma ajuda na cidade seguinte, nem que fosse para enterrá-lo. O trem seguiu seu rumo, e Pottsvile ficou cada vez menor no horizonte. Quando desapareceu, pensei ter ouvido o som de uma corda de guitarra arrebentando.

O DIA DOS MORTOS

Caveiras sorridentes dançavam pela rua à minha volta. Era *Dia de los Muertos* e eu já estava há uma semana em Água Verde vivendo entre uma *pulquería* e outra. Apesar das festividades, minha cabeça via morte por todo lado: o pobre Fingerman baleado no meio da calçada; Imabelle sobre uma mesa nos fundos da casa de Mama Caleba; a sepultura de pedras feita para o ativista Johnson à beira de uma estrada de ferro.

Também havia outra morte no ar, aquela que me jogou na estrada.

O Kentucky é conhecido por suas rixas de família. Procure qualquer *dime novel* vagabunda e você vai encontrar alguma história sobre caipiras atirando uns nos outros. Com minha família não foi diferente. Da última vez, na guerra contra os Howard, morreram quatro antes que eu fugisse.

Na região montanhosa onde nasci, colonizada por escoceses, a lei que vale é a lei dos clãs. A disputa pode começar por alguma coisa idiota, como o roubo de um leitão. Depois, alguém da família acaba levando um tiro. Então, começam as retribuições. Alguém da família deles tem que morrer. Quem mata, se torna o próximo alvo do rival.

Às vezes, a morte é sedutora. Mesmo sendo terrível e nos corroendo por dentro, ela pode embriagar como um *pulque* barato. Talvez eu estivesse tomando gosto por ela e continuava viajando apenas para encontrá-la outra vez em alguma esquina.

No meio desses pensamentos sombrios, ouvi uns acordes cheios de tristeza que vinham do fim da rua. Segui aquela melodia e me vi diante de um lugar chamado *Luna Española*. Entrei enfeitiçado como se estivesse ouvindo o canto da sereia. Num palco improvisado ao fim do salão de paredes avermelhadas, uma mulher tocava guitarra e cantava ...*le pondré su nido en donde pueda la estación pasar. También yo estoy en la región perdido. Oh Cielo Santo! Y sin poder volar*[1].

Era jovem, deveria ter uns vinte anos. Seu cabelo negro e brilhoso escorria pela face esquerda e chegava até o peito, contrastando com a blusa branca. A doçura de sua voz fazia com que um bar cheio de *borrachos* ficasse em silêncio para ouvi-la.

Não havia mesas desocupadas, então, pedi uma dose de *tequila* para o homem do bar e fiquei na beira do palco. Ao fim de um verso, ela olhou para mim e sorriu. O que mais eu poderia querer da vida? Talvez ter uma vida, pensei.

A jovem cantou mais algumas canções tristes e depois largou a guitarra. Desceu do palco e os homens a cercaram. Distribuindo sorrisos e palavras alegres, ela se desvencilhou deles e, para minha surpresa, caminhou até mim.

— Mais uma bebida, gringo?

— É claro — respondi. Ela segurou meu braço e me conduziu até um canto do bar, escondido por uma cor-

---

[1] "...vou colocar seu ninho, para que ela tenha onde passar a estação. Também eu estou perdido pela região. Oh, Santo Céu! E sem poder voar." – La Golondrina, de Narciso Serradell Sevilla (1843-1910).

tina. Atrás dela havia uma mesa reservada. Sentamos e a cantora pediu que trouxessem algo para beber. Logo, um jarro de vinho foi deixado sobre a mesa.

— Lamento — eu disse —, aprecio muito a sua companhia, mas não tenho como pagar por isso.

— Quem disse que precisa pagar? Você é meu convidado.

Olhei de volta para o salão, que estava repleto de semblantes invejosos. Por algum motivo, não conseguia acreditar. Perguntei:

— E por que eu?

Ela tomou um gole do vinho e respondeu:

— Num dia como o de hoje, quero a companhia de um rosto que nunca vi antes.

Quando ouvi essa frase, pensei que ela também deveria ter seus mortos para esquecer. Enchi meu copo de vinho e ela continuou:

— Eu me chamo Juana Ramos, em homenagem a *La Tigresa*, *coronela* de Zapata. A conheci quando tinha oito anos. E você, gringo?

— Abel M. Cain. Sou o único homem que tem o nome em homenagem a um assassino e sua vítima.

— Um nome carregado de tristeza.

— Como o dia de hoje, apesar da *fiesta*. Quem sabe?

— Por isso inventaram o vinho, *Caín*. E o amor.

Quando ela disse essas palavras, o sorriso em seu rosto me causou arrepios na espinha. Que mulher! Continuamos bebendo e falando da vida, de amores e de ausências. O tipo de conversa que nunca foi do meu costume.

43

O vinho já estava anuviando meus pensamentos quando Juana levantou e me fez um convite com o olhar. Eu a segui. Fomos até um quarto pequeno nos fundos da taverna. As paredes eram vermelhas como o resto do prédio e havia ali apenas uma cama e um armário carcomido pelo tempo. Ela colocou os braços em torno do meu pescoço e me beijou...

Mais tarde, a luz da lua que entrava pelas frestas da veneziana projetava sombras fantasmagóricas na parede, sombras de morte, trazendo lembranças. E, mesmo com o corpo moreno e nu de Juana ao meu lado, minha mente insistiu em voltar para o velho Kentucky.

Na véspera do Dia da Independência, em 1932, Lew Howard matou meu tio Chester Cain por causa de um alambique ilegal que pertencia aos dois. Os Howard e os Cain sempre tiveram pequenas desavenças, mas, apesar de tudo, Lew e o tio Chester eram amigos. Isso até o bastardo do Lew começar a pensar que estava sendo roubado na divisão do dinheiro. Assim, ele encheu a cabeça de *moonshine*, pegou um Colt velho, dos tempos da Guerra Civil, e deu um tiro no tio Chester pelas costas. Só um vizinho viu tudo e, na nossa terra, não se vai à polícia contar um negócio desses, você vai até a família do morto.

Meu primo, Caleb, foi incumbido de matar o velho Lew. Porém, a emboscada não deu muito certo, e quem acabou morrendo foi Elmore Howard, um dos filhos do Lew. Mais do que suficiente para continuar a guerra. Uns três meses depois, mataram meu irmão, William Cain enquanto pescava. Não ficamos sabendo quem atirou nele.

Quando chegou a minha vez de matar, fui encarregado de acabar com o Jeb, filho mais novo dos Howard, assim como meu irmão Will era o mais novo da família. Jeb só tinha dezenove anos. Eu o encontrei bebendo no *saloon* do velho Johnse Lee e sentei à mesa na frente dele. O garoto, apesar do susto inicial ao me ver, eu já tinha uma certa fama de brigão, não pareceu nem um pouco intimidado, apenas triste.

— Gosto de resolver essas coisas cara a cara — eu disse. — Não como vocês, que atiram pelas costas.

Jeb engoliu em seco, depois disse:

— Você veio aqui pra me matar?

— Não é isso que andamos fazendo nos últimos meses?

— Eu não matei ninguém.

— Meu irmão, Will, também não tinha matado.

Um silêncio de túmulo havia caído sobre o bar. Ninguém sequer respirava lá dentro. O único som veio dos passos dos clientes que saíam de trás do lugar onde Jeb estava sentado. Eles sabiam que, se acontecesse uma briga, o lugar onde eles estavam não seria dos mais seguros. Eu continuei:

— Bom, garoto, podemos fazer o seguinte: você me diz quem atirou no Will e te deixo ir pra casa chorar no colo da sua mãe.

Ele não respondeu, apenas balançou a cabeça negativamente. Gesto que repliquei.

— Desse jeito, vou ter que fazer o que me mandaram.

— Você entregaria um parente pra se livrar? Seria como se eu mesmo puxasse o gatilho.

— Nisso você tem razão. Agora, vamos acabar logo com isso.

Então, uma única lágrima deslizou pelo rosto do jovem.

— Pensei que você tivesse coragem, garoto — eu disse.

Depois de um suspiro, Jeb falou:

— Talvez eu não seja feito do mesmo material que vocês.

Assim que disse a última palavra, ele tentou sacar o revólver. Eu, que já estava com minha arma a algum tempo pousada sobre meu colo debaixo da mesa, atirei primeiro. A bala arrebentou o tampo de madeira e o acertou no peito, jogando-o para trás.

Levantei e caminhei até ele. Seus olhos estavam parados, voltados para o teto. Mas, por um momento, pensei que me encaravam. Não com ódio ou condenação, mas com piedade.

Meu dever de família estava feito, e Jeb, com seus dezenove anos mal vividos, estava caído no chão de uma taverna qualquer. Era para ser uma vingança por meu irmão, mas, na verdade, não consigo pensar num bom motivo para aquele garoto estar morto. E, como de costume, a guerra tinha que continuar. Um bar cheio me viu matar Jeb, os Howard não encontrariam problema em escolher seu próximo alvo. Só que eu não estava com vontade de esperar a minha vez de morrer, e comecei a pensar que a jogatina poderia ser mais interessante do que o contrabando. Na mesma noite, passei rapidamente em casa, apenas para me despedir de meus pais. Depois, peguei carona com o tio Pike e fui à Chicago e, de lá, andei por todo o país até chegar aqui.

46

Assim trapaceei a morte. Porém, ela não desiste. Talvez eu devesse mesmo estar morto. Fugi de meu destino e, como diz em *La Golondrina*, hoje minha vida é errante, angustiada, e não posso para casa voltar.

Quando amanheceu, deixei Juana dormindo no quarto dos fundos e peguei a estrada outra vez.

UM PREÇO PARA CADA CRIME

DE BEM

O Dr. Boanerges percebeu que seu desejo poderia ter se realizado no momento em que ouviu os latidos no pátio. Ele afastou as cobertas e saltou da cama o mais rápido que pôde. Inquieto, tentou enxergar alguma coisa pelas frestas da persiana, mas não conseguiu. Uma luz de cabeceira se acendeu atrás dele.

— Apaga isso, Jane — ele disse baixinho.

— O que foi, amor?

Jane esfregava os olhos e parecia não reconhecer o marido na penumbra do quarto.

— Apaga logo — Boanerges disse, para em seguida correr até o criado mudo e desligar a luminária ele mesmo.

— Qual é o problema?

— Acho que tem alguém lá nos fundos. Não tá ouvindo?

A mulher sentou na cama e sacudiu a cabeça.

— O Chet tá latindo, e daí?

— E daí que ele nunca late.

Boanerges viu a expressão da esposa mudar. O Chet era um cachorro quieto, não servia de cão de guarda. Latidos e rosnados não faziam parte da rotina familiar. Alguma coisa estava errada.

— Fica aqui, vou dar uma olhada lá em baixo — Boanerges disse, pegando o telefone celular de cima do criado mudo.

51

— Vai ligar pra polícia?

— Não.

— Mas e se tiver alguém mesmo?

— Calma.

— Eu vou contigo.

— Não mesmo, fica aqui. Ou vai lá pro quarto da Tati.

— É, boa ideia.

— Mas não acorda ela ainda.

Boanerges saiu do quarto e conferiu o corredor. Ouvia apenas o ronco do ar condicionado e a excitação dos próprios batimentos cardíacos. Desceu a escada com cuidado, os pés descalços não faziam ruído. Chegou ao térreo e foi logo para a copa, passos leves sobre o piso frio. Na porta de acesso ao pátio, afastou um pouco a cortina que cobria o vidro e espiou.

Chet havia parado de latir, mas continuava rosnando baixo. Naquela posição, Boanerges não conseguia ver a casa do cachorro, onde o animal passava a noite preso. Um barulho chamou a atenção de Boanerges para outro lado do pátio. Era um resmungo, um resfolegar, algo que o lembrou das partidas de tênis no clube, quarta-feira à tarde. Olhou na direção do som estranho e viu um jovem. Ele vestia bermudas, uma camiseta encardida e tinha chinelos nos pés. Sua magreza era tão grande quanto sua aparente falta de habilidade. Sem sucesso, o rapaz tentava escalar o muro de volta para a rua.

— É isso então, merdinha — Boanerges disse e saiu apressado, o coração batendo contente. Entrou no escritório, abriu uma gaveta da escrivaninha e tirou uma chave. Com alguns passos rápidos, chegou até a porta de uma salinha adjacente e a abriu. Não podia alertar o invasor, então usou apenas a luz do telefone celular. Correu o facho luminoso por cima das armas penduradas na parede. Qual usaria? Tinha uma paixão pela Smith & Wesson Modelo 29 com cano de 6 polegadas. A carabina Puma, da Rossi, parecia uma daquelas Winchesters de Faroeste e havia sido sua última aquisição. Mas talvez essas opções fossem chamativas demais. Um revólver da Taurus faria o serviço. Poderia usar aquele que o pai conseguira em 1961. Boanerges balançou a cabeça, estava perdendo tempo. Pegou uma espingarda Boito, cartuchos calibre 12. Nada de *glamour*, uma arma eficiente e sóbria. E o principal, com ela não iria errar.

Caminhou até a porta enquanto inseria dois cartuchos na arma, destrancou a fechadura e abriu uma fresta. O rapaz continuava lá, tentando em vão subir por uma parede muito alta e lisa, sem nenhum ponto de apoio.

— Olha só o retardado, deve ter se chapado pra ficar assim — Boanerges disse para si mesmo.

O homem fez a mira, bem como sempre imaginou fazer. Queria algo assim desde a época em que caçava marrecos com pai. Estava pronto, mas antes, um último detalhe: assoviou o mais forte que pôde. Quando o rapaz deu meia-volta, Boanerges disparou.

Os policiais foram bastante simpáticos. A equipe da perícia nem tanto. Boanerges ofereceu café a eles, mas sequer o cumprimentaram. Luzes vermelhas das viaturas dançavam pela sala da casa e homens andavam para lá e para cá. Jane, no sofá, com a filha dormindo em seu colo, até não parecia tão abalada, Boanerges percebeu.

O Inspetor da Polícia Civil encarregado do caso saiu do escritório segurando uma xícara de café.

— A coleção é uma beleza, doutor, mas também é um perigo — o Inspetor disse. — Talvez até fosse isso que o vagabundo queria, não duvido.

— Não, difícil. Nunca falo sobre ela. Uns poucos amigos sabem dessa coleção, ninguém que sairia contando por aí.

— Mas nunca se sabe. Pode ser até sem querer. Um amigo de vocês conta pra uma empregada, uma faxineira, e já era. Outra coisa, o senhor não tem sensor de presença, alarme, essas coisas?

— Alarme eu tenho, mas só ligo quando não tem ninguém em casa.

— É bom ligar sempre, doutor. Tinha evitado esse transtorno hoje. Uma casa dessas não dá pra deixar sem alarme, não mesmo.

O Inspetor limpou o bigode na manga e deixou a xícara sobre a mesinha de centro, onde estava a espingarda Boito envolvida em um plástico da perícia.

— Bom, no mais, tudo limpo. O pessoal já vai terminar o trabalho aqui e a gente deixa vocês descansarem.

A voz de um jovem soou na porta do pátio:

— Tudo pronto aqui.

O Inspetor se curvou ao lado de Jane.

— Melhor levar a menina — disse ao ouvido dela.

Jane pegou a filha no colo, sem acordá-la. Em seguida, subiu as escadas sob o olhar do marido e do policial que então sinalizou para o jovem na porta. A maca carregando o cadáver embrulhado do invasor surgiu. A equipe atravessou a sala bem devagar, cuidando para não bater em nada da decoração. Boanerges observou o saco de plástico preto, nem parecia ter um homem quase cortado ao meio ali dentro.

— Mas chegou a dar inveja a sua coleção, doutor — o Inspetor disse, tomando a atenção de Boanerges. — Tem coisa muito boa ali, tem sim.

Boanerges abriu um sorriso.

— Sabe que tenho até um Taurus 38 da época da Legalidade?

— Da época da Legalidade?

— Pois é, meu pai pegou um quando o Brizola distribuiu revólveres pra população no tempo da Legalidade, em 61.

— O senhor é gaúcho?

— Não, meu pai só.

— 61 é? Bem antiga mesmo. Na época da Revolução é que tratavam vagabundo como devia. Hoje em dia é tudo complicado. Tem sempre um pra defender marginal. Quando não é jornalista, é essa gente dos Direitos Humanos.

Jane, acabando de voltar à sala, aproximou-se do Inspetor, um ar preocupado tomando conta dela.

— O senhor acha que pode dar algum problema?

— Ah, não. Invasão de domicílio, o meliante é conhecido nosso. Tava armado ainda por cima... E o doutor Boanerges é cidadão de bem. Não é, doutor? Arma registrada, porte, tudo bonitinho. Mal vai precisar depor. Vai ter um inquérito rápido e só, a senhora não se preocupe.

Boanerges agradeceu a Deus por ainda ter aquele revólver vagabundo guardado. Havia comprado a velharia de um ex-jardineiro só para ajudar o homem, pois ele estava com dificuldades financeiras. Quando viu o marginal caído, sem nenhuma arma na mão ou na cintura, lembrou-se de imediato dessa peça sem registro e, até então, sem valor na coleção.

O Inspetor apertou a mão de Boanerges e acenou com a cabeça para Jane, se despedindo. Saiu levando a Boito debaixo do braço. Os outros policiais e peritos já haviam deixado a casa. Boanerges fechou a porta da frente e foi buscar uma bebida. Jane voltou para o sofá e suspirou.

— Meu Deus do céu — ela disse, — que noite mais louca. Nunca pensei que fosse passar por uma coisa dessas na vida.

Boanerges sorveu o uísque com gosto. Tudo havia corrida à perfeição. Há muito tempo esperava por uma oportunidade. Quase uma vida inteira. Porém, depois de provar esse sabor pela primeira vez, a vontade de prová-lo novamente começou a despontar. Era como sexo, pensou. Deveria agir de modo mais proativo, ou sabe-se lá quanto tempo teria que esperar de novo. Uma briga de trânsito, quem sabe? Ou caminhadas noturnas, as ruas estão a cada

56

dia mais perigosas. Contratar alguém suspeito para fazer algum trabalho em casa também parecia uma boa opção.

— Amor? Nelson? Você tá me ouvindo?

— Ah, sim, meu bem — Boanerges disse, saindo de suas conjecturas.

— Eu falei que é melhor você não ir trabalhar hoje.

— Ah, deixa disso, Jane. A vida continua. Bola pra frente!

— Mas olha o que você passou, o que a gente passou.

— Não foi nada. Acontece. Pior se o marginal tivesse entrado aqui dentro de casa. A gente dormindo, a Tati lá em cima...

— Ai, nem diz uma coisa dessas.

Jane se encolheu no sofá, abraçando os joelhos. Boanerges deixou o copo de lado e sentou-se ao lado dela. Com a mão direita, fez um carinho no ombro da esposa.

— Só não entendi porque você disse pro Inspetor que nunca falava das armas — Jane falou. — Você vive se exibindo por causa dessa coleção por aí.

Boanerges sorriu e olhou para Jane, que parecia encará-lo com medo no olhar.

57

Medo e delírio em Coroa de Cristo

Estávamos numa estrada secundária a sete quilômetros de Coroa de Cristo quando ouvi o bater de asas logo acima do carro. A princípio, pensei que fosse um efeito das anfetaminas, pois olhei para o Santana e ele não parecia estar nem um pouco preocupado debaixo do chapéu e dos óculos escuros de aros redondos. Eu lembrava da capa de um disco do Taj Mahal toda vez que olhava para ele. Não sei como o Santana conseguia dirigir à noite com aqueles óculos.

Fomos chamados à Coroa de Cristo pela delegada Bethânia Helder pouco depois de encontrarem uma cabeça decepada perto dos trilhos do trem. Isso aconteceu mais ou menos na mesma época do incêndio no circo que matou um monte de crianças. Foi notícia nacional. A Bethânia era uma ex-colega do Santana nos tempos de polícia civil e estava precisando de uma ajudinha na investigação. A coisa andava feia na cidade.

Ouvi mais uma vez o bater de asas e acho que dei um grito. O Santana pisou fundo no freio e o carro derrapou, levantando poeira. Ele tirou os óculos e me olhou assustado. O Santana não gostava de drogas pesadas, mas, quando fumava a boa e velha *marijuana*, ficava meio paranoico, embora ele dissesse que só fumava para manter a calma em qualquer situação.

— Ficou doido cara? Que diabo foi isso?

— Tem alguma coisa nos seguindo. Eu ouvi.

Santana olhou para trás.

— Não tô vendo nada.

— Não, na estrada não. Voando!

— Porra, Ronaldo, eu te disse pra não tomar aquela porcaria.

— Eu preciso ficar alerta. Nunca se sabe o que a gente vai encontrar.

Seguíamos uma pista fornecida pela Goretti, única travesti de Coroa de Cristo. Ela nos disse que um bando de fanáticos havia tentado castrá-la, e que esses doidos se reuniam em uma tenda fora da cidade. A dica era boa, se encaixava na teoria que tínhamos em mente. Mateus 18:8-9: *Sendo assim, se a tua mão ou o teu pé te fizerem cair em pecado, corta-os e lança-os fora de ti; pois melhor é entrares na vida, mutilado ou aleijado, do que, tendo as duas mãos ou os dois pés, seres atirado no fogo eterno.* Talvez eles tivessem alguma relação com o caso da cabeça cortada. A Goretti ficou sob proteção da Delegada Helder e fomos investigar. Fanáticos. Esse tipo de gente é perigoso, por isso tomei um comprimido ou dois. Talvez três.

O Santana continuava reclamando quando a asa bateu na janela do meu lado. Numa reação instintiva, me encolhi e tapei a cabeça com as mãos. Depois de alguns segundos de silêncio, levantei a cabeça. Santana ligou o farol alto e ficou obervando.

— Que coisa é essa que tu viu, afinal?

— O homem-mariposa — eu disse. — Só pode ser.

Confesso que na hora fiquei um pouco envergonhado. Sei o quanto o Santana é cético. Mas, Coroa de Cristo

60

vinha sendo palco de uma série de acontecimentos estranhos: bolas de fogo avistadas no céu, pessoas dançando sem parar na praça da cidade, uma velhinha acordando no meio da noite e encontrando um homem a cavalo dentro de casa. Alguém também viu um carroceiro fantasma descendo a avenida em direção ao rio e gritando *oxe-boi, oxe-boi!*

— Homem o quê? — o Santana perguntou, soando meio indignado.

— Mariposa. Aconteceu em Point Pleasant, uma cidadezinha nos Estados Unidos. Ele apareceu por lá, um jornalista escreveu toda a história depois. Já apareceu por aqui também, li naquele livro *Seres Fantásticos e Misteriosos* que tem lá no escritório.

Mal terminei de falar e dois pontos vermelhos surgiram à nossa frente no limite da área iluminada pelo farol. Encarei o Santana e ele estava paralisado. Em silêncio, e sem desviar os olhos da estrada, Santana estendeu a mão e tirou o revólver do porta-luvas. Eu nem respirava. Acho que uns bons três minutos se passaram até que ele falou:

— Será que eu meto bala nessa coisa?

— Não. E se ela ficar mais irritada?

— Como tu sabe que ela tá irritada?

— Parece irritada pra mim.

Aqueles olhos vermelhos brilhantes faziam o meu sangue gelar. Senti os joelhos batendo.

— Talvez o motor do Tubarão assuste essa coisa e ela saia do caminho — disse Santana.

Tubarão era um *Maverick* vermelho e com o capô preto, ano 1975. O motor fazia mesmo um barulho danado. Santana enfiou o revólver no cinto, girou a chave na ignição e o carro estremeceu. Umas pisadas no acelerador aumentaram ainda mais a barulheira. Porém, os globos vermelhos não saíram do lugar.

O carro avançou numa velocidade muito baixa. A luz dos faróis finalmente atingiu a criatura. Ainda assim, não foi possível distinguir suas formas. Não vi membros, ou uma cabeça, apenas os olhos brilhantes. Então, ela abriu as asas, que se estenderam de um lado ao outro da pista.

— Olha só o tamanho desse bicho — o Santana disse. — Deve ter uns três metros.

— Uns três e oitenta, e uns trezentos quilos. O que a gente faz?

— Eu vou passar por cima dele!

O Santana pisou fundo e os pneus queimaram borracha. Foi como se o carro tivesse saltado para frente, um coice tão grande que bati a nuca no encosto do banco. Pelos solavancos, pensei que a gente tinha esmagado a criatura. O Santana deve ter pensado o mesmo, já que ele deu uma freada brusca e enfiou a cabeça pela janela, olhando para trás.

— E aí? — perguntei.

O Santana colocou a cabeça para dentro do carro outra vez e tirou uma lanterna do porta-luvas. Em seguida, jogou o facho de luz sobre a estrada de chão batido.

— Nada.

— Como assim, "nada"?

— Não tem nada lá atrás, a gente passou por cima dumas pedras.

62

Tirei os óculos e forcei a visão. Enxerguei dois pedregulhos bem no meio do caminho. Sorte o Tubarão não ter se arrebentado todo.

— Ele saiu voando? Eu não vi.

— Sei lá. E não vou ficar aqui pra saber.

Acho que não deu nem dois segundos e vi os olhos vermelhos quase colados no para-brisa. Gritei e, com o susto, o Santana pisou fundo no acelerador. Por causa da tensão e do nervosismo, não percebemos que o carro havia parado em cima de um monte de areia. Além dos espinheiros, os arredores de Coroa de Cristo são conhecidos pelo processo de desertificação que assola aquela parte do estado. Quando o Santana afundou o pé, as rodas levantaram uma nuvem de poeira.

O carro não saiu do lugar e tive a impressão de que o homem-mariposa era o responsável por impedir nosso avanço. Aterrorizado, abri a porta e saí correndo do Tubarão. Ouvi tiros e o barulho de vidros estilhaçando. Corri às cegas por uns seis ou sete minutos até encontrar um lugar que podia me esconder. Era uma elevação coberta de arbustos ressecados.

Sentei arfando e tremendo. Comecei a pensar que poderia estar perdido e tinha deixado o Santana para trás quando ele surgiu da escuridão ainda com o revólver em punho. Fiquei aliviado. Ele sentou do meu lado, empurrou o chapéu para trás e enxugou o suor da testa com a manga.

— Acho que ele não me seguiu. Talvez tenha se assustado com os tiros.

— O que a gente faz agora?

— Olha aquilo lá.

63

Vi um ponto iluminado a uns 175 metros de distância. Pela posição, devia ser uma casa ou algo do tipo na beira da estrada principal, marcada pelas torres de cabos elétricos abundantes na região. O tipo de paisagem que um amigo meu, fotógrafo, apelidou de "jardim elétrico". Como não tínhamos muita escolha, rumamos em direção à luz. No caminho, eu olhava assustado para todos os lados. O descampado e o silêncio da noite me davam arrepios.

Nos aproximamos e vi que se tratava de um legítimo boteco interiorano, do tipo que por ali chamam de "bolicho", ainda aberto, apesar do horário. A fachada era de um verde desbotado, iluminada apenas por uma lâmpada nua. Um sujeito mal encarado e de facão na cintura estava de pé ao lado da porta enrolando um palheiro. O Santana parou e me agarrou pelo braço.

— Tu entra lá e pede ajuda — ele disse. — Vê se eles têm um telefone.

— Eu? Olha só aquela figura na porta. Esses peões vão querer me matar.

— Também, quem manda ser pálido desse jeito e andar por aí todo de preto como se estivesse num clipe do Sisters of Mercy. .

— Vai tu então.

— Ah, sim, vão receber um negro muito melhor, com certeza.

A disputa se estendeu por cerca de dois minutos e meio até que decidimos entrar juntos no boteco. Seguimos a passos firmes. Ao chegarmos perto do homem na porta, Santana acenou com o chapéu e disse:

— Noite, vivente.

O sujeito nos olhou como se um disco voador tivesse acabado de pousar na frente dele. Entramos. No lusco-fusco do interior, todos os olhares se voltaram para a gente. Deveria ter umas sete pessoas ali dentro, todos homens, exceto por uma senhora atrás do balcão. Um grandalhão de bigode largo se meteu no caminho.

— Tá querendo o que aqui, negrão? — ele disse.

Gelei no mesmo instante. Se tem uma coisa que tira o Santana do sério é racismo. Ele puxou o revólver e o enfiou debaixo do nariz do grandalhão.

— Se vossa excelência permitir, eu só quero um telefone. Tem um aqui, por obséquio?

O grandalhão, tentando sem muito sucesso não demonstrar medo, respondeu com uma voz anasalada.

— Não tem telefone aqui.

Pelo canto do olho, enxerguei a lâmina de um facão pousando no ombro do Santana.

— E mesmo que tivesse — disse o cara que 75 segundos antes adornava a porta do boteco — não ia te emprestar.

Não bastasse eu estar petrificado, comecei a ouvir o bater de asas lá na rua. Piorando tudo, mesmo com o facão no pescoço, o Santana não abaixou o revólver.

— Tu acha que essa faquinha enferrujada aí vai me fazer alguma coisa? Mais fácil me matar de tétano.

— Tu vai ver... — o homem disse, afastando a lâmina para dar força no golpe. Santana, no mesmo instante, se abaixou e arremeteu contra o grandalhão, que caiu por cima de uma mesa. O golpe de facão acertou só o ar.

65

Não sei bem como as coisas aconteceram, só sei que, dentro de 35 segundos, o Santana tinha dado um tiro na perna do cara com o facão e outro na luz do boteco, deixando tudo quase às escuras. Eu me joguei para trás do balcão. Retomei a coragem e levantei a cabeça para espiar. Na porta do boteco, que deveria ter ficado aberta durante a confusão, dois olhos vermelhos me encaravam.

— Lá na porta — gritei. — Ele veio pra cá!

A senhora, também encolhida atrás do balcão, arregalou os olhos e perguntou:

— Quem, meu filho? Quem?

— O homem-mariposa, um monstro voador.

A senhora olhou para a entrada e se desesperou.

— Aí, meu Deus do céu, é o demônio!

Ela ficou de pé e apontava para a porta, uma expressão de mais puro horror no seu rosto. Todos os presentes voltaram os olhos para o lugar apontado, e logo começou a gritaria e a correria.

— O diabo, o diabo!

Até o sujeito baleado na perna saiu saltitando e segurando o ferimento. Senti alguém me puxar pelo braço. Era o Santana. Seguimos a correria e abandonamos o boteco pela porta dos fundos. Cada um deve ter corrido para um lado diferente, porque logo me vi sozinho com o Santana. Paramos um pouco para respirar.

— É 1992, não existe bicho papão — ouvi o Santana resmungando.

— Tem certeza? — eu disse assim que avistei os olhos vermelhos à nossa frente. Corremos no sentido contrário, de volta à estrada principal. Sabe aquela sensação estranha nos ombros e no pescoço de que algo se aproxima pelas tuas costas? Eu podia sentir o bafo da criatura no nosso encalço.

— A gente tem que se esconder — o Santana disse. — Olha lá na frente.

Vinte e dois metros adiante, quase na estrada, uma carcaça de carro toda enferrujada despontava sobre o terreno. Corremos mais um pouco e nos abrigamos dentro dela. Mal fechei a porta da carcaça e senti o solavanco. No segundo seguinte, tudo balançava.

— Ele tá nos atacando — gritei.

Ao meu lado, Santana não parecia nervoso com o ataque. Ele balbuciava algo como "os cabos, os cabos..." enquanto eu tentava me segurar no que restava dos bancos. Então, Santana agarrou meu ombro.

— Espera um pouco — ele disse. — Não pode ser verdade, toda a situação de Coroa de Cristo, nada disso acontece — ele olhava de um lado para o outro sem parar. Segui o olhar dele, mas não havia nada lá fora.

Sentia a carcaça do carro balançar cada vez mais quando o Santana disse:

— As linhas de energia. É isso, só pode ser.

Parei e pensei um pouco. Olhei de novo para fora do carro: lá estava o "jardim elétrico", linhas de energia nos dois lados da estrada, torres imensas suportando os cabos. Na hora, entendi o que o Santana queria dizer.

— Estimulação Magnética Transcraniana — eu disse.

— Sei lá se chamam assim. O cérebro é afetado por

campos eletromagnéticos mais fortes que o normal, causando alucinações.

Essa é uma teoria que ainda não foi totalmente comprovada, mas há um número relevante de casos.

— A cidade sofreu um trauma recente, tragédias desse tipo afetam a psicologia da população como um todo — Santana continuou. — Coroa de Cristo também tem uma quantidade enorme de torres de energia passando por aqui. Somando as duas coisas, temos um ambiente propício pra alucinações. Num ambiente assim, alguém vê uma aparição estranha e logo outro testemunha a mesma coisa, como eu comecei a ver o tal homem-mariposa depois que tu falou. O mesmo aconteceu com o pessoal no bar, que viu o Diabo. Nós ficamos expostos à atmosfera da região e, sem perceber, nos deixamos contaminar.

— Histeria coletiva e influência de campos eletromagnéticos — eu disse (claro, uma coisinha e outra que tomamos também ajudaram, pensei). Quando parei de falar, a carroceria abandonada não balançava mais, uma sensação de paz tomou conta de mim. Santana abriu a porta e saiu do carro. Não perdi tempo e saí também. Era uma noite bonita e eu respirei fundo, enchendo os pulmões com ar fresco. Começamos a caminhar para o local onde havíamos deixado o Tubarão, pois ainda tínhamos um assassinato para resolver e talvez até que enfrentar alguns fanáticos.

IRENA

Dario, o mais alto dos três pistoleiros, jogou o cigarro fora e disse:

— E agora, a gente faz o quê com a puta?

Irena, amarrada e amordaçada como se estivesse em um filme barato dos anos 50, analisou os homens. Eles podiam estar no domínio da situação, mas não passavam de força bruta e ignorância. Por duas horas, ela observou o trio enquanto torturavam seu cliente, que foi se transformando em uma espécie de massa vermelha e disforme. Em nenhum momento eles se preocuparam em esconder dela seus nomes e rostos, nem suas ações. Irena sabia que teriam apenas uma resposta para aquela pergunta.

— A gente faz o que tem que fazer — disse Tota, o gordo do grupo. Marco, ao lado dele, deu uma risada abafada.

Que merda de noite, Irena pensou. Não era a primeira vez que atendia Caio, o cliente riquinho da Av. Roberto Arlt, e não gostava muito dele, sempre com aquele ar de superioridade, jamais se entregando de fato à sua *domina*. Voltava porque precisava da grana, as contas se acumulavam e encontrava dificuldades com seus outros projetos, não andava em condições de escolher trabalho.

Chegou no horário marcado e logo seguiu Caio até a sala no andar superior onde aconteciam as sessões. Ao entrarem, Irena deixou no chão a bolsa cheia de acessórios. Tirou a capa de chuva que cobria seu corpo e exibiu espartilho, cinta-liga e botas de couro longas que iam até os joelhos. Ela emitiu alguns comandos e o rapaz obedeceu. Fizeram algumas coisas básicas: ele andou de quatro até os pés dela, foi agarrado pelos cabelos, recebeu alguns tapas e foi obrigado a ficar de pé novamente. Em seguida, Irena o amarrou pelos pulsos ao suporte que pendia do teto em duas correntes. Ela não estava com muita paciência, então partiu logo para o chicote.

Tudo parecia correr como de costume. O homem, nu exceto por uma máscara de látex, se contorcia a cada golpe. Isso era o que Irena mais gostava: ver os músculos se contraírem, os membros retesados em agonia prazerosa. Poucas sabiam provocar a dor como ela. Em toda a cidade, não havia *dominatrix* melhor.

Em termos visuais, o espetáculo estava agradável. Mas ela queria mais, faltava uma trilha sonora adequada. Deixou o chicote de lado e se aproximou de Caio. Com a mão enluvada, agarrou os testículos do jovem e apertou. Ele gemeu baixo. Irena aumentou a pressão dos dedos e o fez gritar. Assim estava melhor.

Como se em resposta ao grito, uma voz soou atrás dela:

— Mas que porra é essa?

Irena deu meia volta e se deparou com três homens apontando pistolas automáticas para ela, um também segurava a bolsa que havia deixado no caminho.

— Ela já começou o serviço pra gente — o gordo disse. Os outros riram. — Dario — ele continuou — tira a moça do caminho. Marco, dá uma mão pra ele.

70

Sempre apontando a arma, Dario se aproximou. Encostou o cano da pistola na cabeça de Irena. Ela permitiu que Marco amarrasse suas mãos e colocasse um pano em sua boca. *Eles estão usando as minhas próprias cordas*, ela pensou.

Enquanto isso, o gordo, que chamavam de Tota, usava o chicote de brincadeira contra Caio, amarrado no suporte e apavorado. Quando terminaram de prender Irena, que foi jogada em um canto com mãos e pés amarrados às costas, os outros dois se juntaram ao companheiro e começaram a bater para valer.

Perguntavam sobre uma maleta. O rapaz, chorando e grunhindo, despejava uma série de clichês, incluindo o clássico:

— Cara, eu não sei do que vocês tão falando!

Quem diz uma coisa dessas para um bando de homens armados merece mesmo apanhar, Irena pensou. Caio, apesar do estilo *playboy*, era bem forte. Costumava suportar um castigo severo nas mãos de Irena. Porém, as coisas agora eram diferentes, e todo corpo tem um limite. O de Caio chegou após duas horas de tortura.

Com a fala dificultada pelos dentes quebrados, ele contou onde a tal maleta estava escondida. Tota ficou cuidando dos prisioneiros enquanto os outros dois capangas saíram da sala. Não demorou muito para que voltassem com o prêmio nas mãos. Abriram a maleta e comemoraram. Irena não conseguiu ver o que ela guardava.

— Se tivesse falado logo de cara — Tota disse, segurando Caio pelos cabelos encharcados de sangue —, você não tinha tomado tanta porrada antes de morrer.

O gordo tirou a pistola do cinto e a encostou na cabeça de Caio, cujo grito inútil de "não" foi abafado pelo barulho do tiro. Feito o serviço, voltaram as atenções para Irena...

— Mas antes de dar um fim nela — Tota continuou — se vocês quiserem brincar um pouco, a gente não tem pressa. E a moça veio aqui pra trabalhar, não é mesmo?

Dario e Marco se aproximaram dela. Dario se ajoelhou na frente da mulher e se voltou para Tota.

— Será que a gente solta as pernas dela? Ia ficar mais fácil.

— Vai fundo, não tem perigo. É só uma puta. Dá até pra tirar esse pano da boca dela, eu gosto da gritaria e não tem ninguém na vizinhança que possa ouvir.

Irena sorriu por dentro. Esteve certa o tempo todo sobre o trio, apenas força bruta e ignorância. Tota, provavelmente o líder dos três, demonstrava um prazer inegável no que fazia. Sua liderança se baseava mais na intimidação do que na inteligência, além de ter a segurança exagerada típica dos estúpidos. Dario, embora tivesse o físico mais imponente, parecia ser o mais fraco deles em termos psicológicos. Sempre perguntava o que devia fazer e ainda buscava a aprovação de Tota com o olhar após executar as ordens. Marco, completando o grupo, não se manifestava muito além das risadas. Parecia o tipo que só tem coragem quando anda em bando.

Dario removeu a mordaça de Irena enquanto Marco desamarrava as pernas dela.

— Olha só os machões — Irena disse. — Vocês se acham os fodas, né?

Os homens pararam por um momento. Irena observou seus rostos. Ela não tinha implorado pela vida, nem soluçado entre lágrimas. Sem dúvida aquilo não era o que eles esperavam ouvir.

— Um gordo metido à besta, um grandalhão débil mental e um cagão risonho — ela continuou. — Só podiam ser amigos desse *playboyzinho* de merda.

— Mas quem diria, a gatinha tem dente e sabe morder — Tota disse.

— É pra isso que me pagam.

— Pagam, é?

— E bem.

Percebendo que Dario encarava o gordo, Irena continuou:

— Esperando o chefinho mandar, hein, Dario? Não sabe o que fazer? E o risadinha ali, não diz nada?

Ela notou as expressões deles mudarem, agora pareciam irritados e não mais os garotos bancando os mafiosos. Bom sinal.

— Se fosse eu lidando com o *playboy*, ele tinha falado muito antes. Garanto que eu sei bater melhor do que vocês.

— Ah, cansei dessa porra — disse Tota. — Bota ela de pé que eu vou ensinar essa puta a bater de verdade.

A ordem provocou mais uma vez o riso dos capangas.

Dario pegou Irena pelos cabelos atrás da nuca e fez com que ela se erguesse. Este era o momento esperado. Irena conhecia suas cordas, conhecia qualquer nó. Amarrar pessoas era parte importante de sua profissão e aqueles caras mal sabiam prender direito os punhos de alguém. Ela já havia liberado as mãos cerca de meia hora antes.

Com um movimento ágil, Irena desferiu um golpe com a base da palma de sua mão direita no queixo de Dario. Ela pôde ouvir ossos quebrando, talvez os dentes ou um afundamento de palato. Ao que o homem foi jogado para trás e, antes que ele tocasse o chão, ela chutou Marco entre as pernas e o acertou no nariz com o cotovelo.

Tota, talvez por efeito da surpresa, atrapalhou-se ao sacar a pistola. Irena agarrou o braço do adversário ainda em movimento e jogou o peso do corpo contra ele, o derrubando. Os dois rolaram pelo assoalho impecável. Ela bateu a mão dele, que segurava a arma, contra o piso. O impacto fez a pistola disparar, e a bala atingiu Marco no pé, destroçando seus dedos.

Por fim, com uma cabeçada, Irena colocou Tota para dormir. Ela tirou a arma da mão do homem e levantou. Marco, do outro lado da sala, gritou de dor até que pareceu perder os sentidos. Dario continuava imóvel no mesmo lugar onde havia caído.

Irena recuperou sua bolsa e pegou o celular. Começava a digitar o número de emergências da polícia quando percebeu a maleta no chão. Foi até ela e a abriu. Uma imagem de sonho se revelou diante de seus olhos: Dólares, como nos filmes, maços e maços de dinheiro. Então, Irena despejou o conteúdo da maleta dentro da própria bolsa e deixou a casa o mais rápido possível. Agora iria poder escolher seus trabalhos por um bom tempo.

74

DO OUTRO LADO DO RIO

I
Sexta-feira pela manhã

Juan José de los Santos, agente alfandegário e responsável por patrulhar o rio, não quis saber de onde vinha a informação.

— Mas João — disse Polydoro — que diferença isso faz?

Não o chamavam de Juan. Mudara de nome para poder votar nas eleições, anos antes. Na verdade, desde que deixara seu país, em 1906, ainda criança de colo, que ninguém além da mãe o chamava pelo nome original. Mesmo assim, para si, ainda era Juan.

— A diferença, meu velho, é que eu também não quero saber o que vocês deram em troca do serviço. Sei que essas denúncias não vêm de graça.

Polydoro, amigo e colega de Juan há muito tempo, não parecia surpreso. Tirou o chapéu e passou a mão nos cabelos escassos.

— Sempre cheio de melindre — disse Polydoro. — Mas e então, o que a gente faz?

— Já que alguém deu com a língua nos dentes, é melhor se preparar.

Juan deixou sua mesa e foi até o armário na parede. Tirou de lá um fuzil Mauser 98 e uma caixa de munição. De volta à cadeira, pegou cinco cartuchos e começou a municiar a arma. Não gostava da sensação que ela causava ao toque. Aquele fuzil o acompanhava desde 1923, e tinha tantas histórias quanto alguém pode lembrar. Nenhuma delas boa.

— O tempo passa, mas tem coisa que não muda — Juan disse.

— O que foi, João?

— Nada, só pensando alto. Tenho impressão que a noite vai ser clara hoje, que nem ontem. Azar de quem quiser atravessar o rio na moita.

— Vamos só nós dois nessa tocaia?

O último cartucho foi inserido no magazine da arma e Juan fechou o ferrolho. Olhou para Polydoro e disse:

— Não. Chama o Jorge e mais dois, nunca se sabe o que pode acontecer.

*

— Padre, *yo* pequei — disse o homem. O interior do confessionário oferecia espaço apenas para uma pessoa ajoelhada, mas ele sentou de qualquer modo. Mal pôde ver a silhueta do padre através do arabesco na divisória de madeira, mas foi o suficiente para reconhecê-lo com base em uma foto de jornal.

— Fale, meu filho — disse o padre. — Deus está ouvindo.

O homem tossiu de leve para limpar a garganta.

— *Bien*, eu matei, *pero solo hombres, y* me deitei com *muchas mujeres. También* menti, roubei, enganei *y* fiquei *borracho*.

76

— Isso é muito grave, meu filho!

— *Tengo salvación,* padre?

— É isso que procura? Quer salvar sua alma?

— *No lo* sé. O que necessito para salvar *mi* alma?

— Depende.

— De que?

— Se arrepende de tudo que fez? Se arrepende de ter matado um homem?

— *Más* de um. *Usted* não pode *hablar* o que *escuchas* aqui, *no?*

— O segredo da confissão é sagrado, meu filho. E então, faça um exame de consciência, se arrepende de ter feito esse mal?

— *En verdad, no*, padre. Principalmente das *mujeres. Sabes* o que *dicen... La* carne *es* fraca.

Houve um silêncio que se arrastou mais do que parecia natural. Sem cerimônias, o homem deu quatro batidas na divisória do confessionário.

— *Estás* aí?

— Sim, sim, meu filho — o padre pareceu reencontrar as palavras. — Desculpe, é que nunca tinha ouvido algo assim. "A carne é fraca", não é? Bem, se o senhor admite que se deitar com essas mulheres foi uma fraqueza, já é um bom começo. Vamos partir daí, depois podemos passar pra assuntos mais graves. Não conseguiu resistir à beleza, foi isso?

— Nem todas *ellas* eram bonitas. *La* beleza *sólo* agrada *los ojos*. Na cama, *en el lecho, la habilidad* es o que *más* importa.

77

O homem de bigode espesso, cabelos compridos envoltos por uma bandana, sentado dentro do confessionário, percebeu que o padre havia se aproximado e espiava pelas frestas do arabesco.

— Por que não está de joelhos, filho? — o padre disse, levantando a voz. — Não sabe que isso é uma falta de respeito?

— *Yo* nunca me ajoelho, padre.

— Nem diante de Deus? — o padre soava indignado.

— *Estoy* na frente de *usted, no* de *Dios.*

— É a mesma coisa.

— *No es lo mismo. Dios no habría jodido el hermano del señor Mendoza.*

Mais uma vez, o padre ficou em silêncio. Depois, pigarreou e falou com uma voz titubeante:

— O que disse, moço? Mendonça?

— *Si, Mendoza. Y el señor Mendoza* quer *una solución* definitiva.

— Tudo bem — disse o padre. — Eu vou embora, eu saio da cidade.

— *No es* esta *la solución* que ele quer.

O homem puxou um revólver do cinto e disparou três vezes contra a divisória, fazendo voar lascas de madeira. Os estrondos foram ensurdecedores, mas o homem já estava acostumado com isso. Ele saiu do confessionário e espiou o lugar onde o padre estava caído imóvel sobre uma poça de sangue que se espalhava. Por garantia, curvou-se sobre o corpo e encostou o cano da arma na nuca do padre. Atirou.

O sol da manhã ofuscou os olhos do homem quando ele saiu da igreja por uma porta lateral. Não havia nenhuma casa nos arredores, portanto ninguém deveria ter ouvido o barulho dos tiros. Limpou a sola dos sapatos sujas de sangue no capacho e foi embora com passos tranquilos.

II
Sexta-feira à noite

Juan conhecia o rio como o quintal de casa. Sabia onde ficavam os melhores pontos para travessia, os bancos de areia mais perigosos e os recantos escuros que podiam esconder alguém. Escolheu o local para a tocaia com a segurança de quem entende do que faz. Quatro colegas o acompanhavam na empreitada, todos com seus chapéus de aba larga, lenços no pescoço e fuzis *Mauser* nas mãos.

— João, gosta de pescar? — perguntou Polydoro, quebrando o silêncio.

— Não muito, meu velho — Juan disse. — Por quê?

— Eu pesco bastante. Uma vez, eu estava pescando de barco aqui nesse mesmo lugar e...

— Pronto. Aí vem uma daquelas — disse Jorge, logo atrás de Juan, começando a rir baixinho.

— Não, não — Polydoro disse. — É caso verídico! A noite caiu, e fui tomando uma cachaça da boa que o meu sogro me deu. E não é que peguei no sono? Aí, o barco deve ter se soltado. Só sei que, quando acordei, não reconheci nada na minha volta. Não tinha a mínima ideia de que lugar era aquele.

— Mas e então, o que aconteceu? — Jorge deu corda.

— Bom, aí passou uma revoada de quero-quero e vi que estava do outro lado da fronteira.

— Ué, mas por quê?

— É que eles vieram gritando *quiero-quiero-quiero*...

Os homens riram. Juan abriu um sorriso, mas logo pediu, aos gestos, para que todos ficassem em silêncio. Havia percebido um movimento na água.

Noite clara, de lua cheia, pouco propícia para quem quisesse atravessar o rio sem ser visto. Porém, se Polydoro não tivesse recebido a dica de um funcionário da Arango & Primos, não estariam ali. A maior parte do contrabando entrava pela própria alfândega, dissimulada entre cargas legais e não encontrada pelos alfandegários, que, na maioria das vezes, recebiam uma pequena ajuda financeira para não fazer o trabalho devido. Mas havia aqueles que não gostavam de gastar com as facilidades proporcionadas pelo dinheiro e preferiam arriscar outros caminhos para suas mercadorias.

Um barco pequeno, com dois remadores, apareceu do outro lado do rio. Juan ergueu o binóculo e viu um dos remadores parar e sinalizar para a margem leste com uma lanterna.

Os cinco homens que aguardavam no escuro em meio às árvores esperaram calados a aproximação do barco. Não demorou para que uma carroça surgisse na beira do rio, trinta metros à frente de Juan e dos companheiros.

80

Uma carroça pequena, puxada por apenas um cavalo. O cocheiro era seu único ocupante.

O barco aterrou e os remadores começaram a descarregar os caixotes que traziam. No meio do trabalho, veio o grito.

— Soltem a mercadoria e mãos pro alto!

Sem aviso, o cocheiro puxou de uma arma e disparou. Juan e seus homens foram ao chão, e, de bruços, responderam ao fogo. O cocheiro, atingido em cheio no ombro, saltou para trás, quase rodopiando. Os dois que haviam atravessado o rio deitaram-se, mãos sobre a cabeça, gritando para que o tiroteio cessasse.

Polydoro foi o primeiro a levantar, seguido de Juan. Mais adiante, os gritos em castelhano dos remadores continuavam.

— Os dois aí, fiquem de joelhos e coloquem as mãos na testa, palmas viradas pro meu lado — disse Juan. Os contrabandistas obedeceram.

Juan abanou a fumaceira dos tiros que ainda pesava no ar. O cheiro de pólvora, misturado com o cheiro do rio, lhe provocavam uma sensação estranha, de lembrança ruim.

Enquanto Jorge e os outros cuidavam dos contrabandistas e da carroça, Polydoro e Juan foram até o cocheiro.

— Será que morreu?

— Parece que está respirando — disse Juan.

Lá da carroça, Jorge gritou:

— Quem acertou o infeliz?

— Nessa distância, só o João mesmo — Polydoro respondeu.

— Sim, fui eu.

Juan se agachou ao lado do baleado e o virou de frente. Logo atrás dele, Polydoro disse de imediato:

— Mas é o Gumercindo, filho do seu Walter Gutierrez.

*

Dora se remexeu na cama quando a luz foi acesa. Ela resmungou alguma coisa e levantou a cabeça, olhos apertados sondando o quarto.

— Que horas são?

— Tarde, Dora — disse Juan.

— Tudo bem, João? — ela perguntou, talvez notando algo estranho na voz do marido. — Como foi a batida?

— Prendemos dois. Tinham cigarro, uísque...

— Teve tiro?

— Um que outro.

— Um que outro? Como se não fosse nada! Alguém se machucou?

— Acertei um deles, mas vai viver.

— Minha Nossa Senhora.

— Cuidado, vai acordar as meninas.

Juan e Dora tinham duas filhas, a mais velha com nove anos de idade, a menor com cinco. Juan ainda queria tentar um filho homem, mas as coisas andavam difíceis. O cansaço não ajudava. Com a visita do presidente, que viria inaugurar a pedra fundamental da ponte, o departamento ficou movimentado como nunca.

— Eu só queria saber se estava tudo bem. Fico preocupada aqui sozinha.

— Eu sei. Desculpe, hoje foi um dia daqueles.

— Tudo bem mesmo então?

Dora era meio índia, sempre desconfiada. O pai dela, capataz da fazenda onde Juan trabalhara, foi quem arranjou o casamento. Como presente, o Dr. Aranha, dono da fazenda, conseguiu o trabalho de agente alfandegário para Juan. Mesmo assim, Juan não estava muito interessado em casar. Até gostava de Dora, mas também gostava de jogatina e das meninas da Dona Eusébia. Queria aproveitar a vida de solteiro. Não teve jeito. No dia marcado, o pai de Dora e mais uns três homens armados foram buscar Juan em casa para a cerimônia. Porém, isso foi em outros tempos e outra cidade.

— Estou bem. Agora vamos dormir que isso não é mais hora de gente decente ficar acordada.

*

— Canastra limpa — disse Walter Gutierrez ao adicionar um ás e um rei à sequência de copas que tinha na mesa. Começara bem aquela rodada, bateu duas vezes e ia para a terceira. A sorte dava uma revigorada em seu ânimo, deixando para trás a sensação de ter sido enganado causada pelo charuto vagabundo que estava fumando, e que encomendara como se fosse coisa fina.

— Tem gente hoje que está com um rabo do tamanho de um bonde — disse Mendonça, à frente dele na mesa.

— Não é sorte, compadre. É saber jogar.

— Falando nisso, esse charuto fedorento aí foi sorte também ou saber comprar?

Todos os ocupantes da mesa, exceto Walter, caíram na gargalhada. Walter mordeu o charuto no canto da boca e disse enquanto descartava um cinco de espadas:

— A gente veio aqui pra jogar carta ou conversa fora?

Mendonça estendeu a mão para pegar a carta do lixo e um rapaz entrou correndo na sala enfumaçada aos fundos da casa de Dona Orfila.

— Seu Gutierrez! Seu Gutierrez!

— Mas o que é isso, Brício. Onde já se viu uma gritaria dessas?

— É que aconteceu uma desgraça, seu Gutierrez.

Os homens levantaram da mesa, assustados. Walter colocou as mãos sobre os ombros do jovem.

— Mas conta logo, infeliz.

— Acertaram um balaço no Gumercindo. Ele foi pro hospital.

Mendonça, já ao lado de Walter, entrou na conversa:

— E como ele está?

— Feio, seu Mendonça. Feio.

Walter deu as costas para o garoto e sentou-se outra vez. Pegou as cartas na mão, olhou o que tinha, e as jogou com força sobre a mesa.

— Puta que o pariu — disse Walter. — E a carga?

— Parece que confiscaram tudo.

Um silêncio se abateu sobre a sala de carteado da Dona Orfila. Walter sentia que todos os olhares estavam em cima dele. Não bastasse a humilhação do charuto vagabundo, agora sofria mais este desrespeito. Seu filho, um Gutierrez legítimo, baleado, e uma carga confiscada por

84

um lambe botas qualquer do governo. Ele tamborilou com os dedos no tampo da mesa.

— Mas é o fim da picada. Onde isso vai parar? Não existe mais respeito. Já não basta construírem essa ponte, que vai atrair de tudo pra cá, agora o pessoal da alfândega ainda mete chumbo no meu filho.

— Fazer o quê, Walter? — disse Mendonça. — Os tempos estão mudando. Antigamente se trazia o que quisesse pelo rio, hoje em dia não dá mais. Eu mesmo só trago mercadoria pela alfândega e molho a mão do pessoal lá. Sai mais caro, mas não tem risco.

— Maldito governo. Meu pai mandava e desmandava por aqui não faz muito tempo.

Walter bateu com o punho fechado na mesa, espalhando cartas e fazendo uma garrafa cair. Ele continuou:

— Não vou deixar isso assim. Vão me pagar.

— Calma, homem — disse um velho que participava da jogatina. — Não faz nenhuma bobagem de cabeça quente.

Ignorando o aviso, Walter se dirigiu ao rapaz que trouxera as notícias:

— Brício, quem foi que acertou o Gumercindo?

— Dizem que foi o tal João dos Santos.

— João dos Santos — Walter repetiu baixinho.

— Esse é mesmo um problema — disse Mendonça. — É honesto, não tem como comprar. Faz uns dois anos que pegou uma carga minha no rio.

— Então é ele mesmo quem vai pagar. Brício, traz o Venâncio aqui. Quero que ele encontre um homem bom pra esse serviço. Tem que ser um desconhecido nessas bandas, quero alguém do outro lado do rio.

O garoto já ia sair correndo quando Mendonça o segurou pelo braço.

— Não precisa — ele disse. — Eu conheço alguém.

III
Sábado após o almoço

Polydoro aproveitou que Dora não estava na sala e deu uma afrouxada no cinto. A comida na casa de Juan era de primeira e ele sempre passava da conta. Em seguida, Dora voltou trazendo a sobremesa.

— Quer arroz de leite, seu Polydoro? — Ela perguntou.

— Aceito, mas não quero a terrinha, por favor.

Dora serviu a Polydoro uma tigela de arroz com leite, sem colocar canela.

— Obrigado, Dora — disse Polydoro, reconhecendo a tigela de uma carga que ele liberara há pouco na alfândega.

— Bom, meu velho — Juan disse —, e o nosso amigo lá no hospital?

— Passei lá agora de manhã. O rapaz é forte, vai se recuperar. Quem não está bem é o velho. Dei de cara com seu Walter quando entrei no quarto.

— E ele?

— Fulo da vida. Não gostou nada de ver o Gumercindo algemado na cama. Disse que era uma pouca vergonha. Quase me expulsou de lá.

Juan pegou sua tigela de arroz com leite e deu uma colherada. Foi Dora quem continuou a conversa:

— Não gosto desse homem. Não sei, ele nunca me pareceu boa coisa. Não compro nada nas vendas dele.

— E coisa boa ele não é — Polydoro falou com a boca cheia. — Por isso acho que o nosso João aqui tem que se cuidar por uns tempos.

— Não assusta a Dora, meu velho.

— Será que ele pode fazer alguma coisa? — Dora perguntou, já assustada.

— Acho que não, ainda mais agora que vai sofrer processo. Nós pegamos o filho dele com a boca na botija.

— Acha, não tem certeza.

Polydoro raspou a tigela, fazendo barulho, depois pediu um pouco mais da sobremesa. Dora o serviu, olhos baixos, cara pensativa. Sem olhar para nenhum dos homens à mesa, ela disse:

— Hoje de noite tem carteado, não tem?

—Tem — Polydoro respondeu pigarreando em seguida.

Juan estendeu a tigela para a esposa em sinal de que também queria mais arroz com leite.

— Dora — ele disse —, não tem por que se preocupar. Não vai acontecer nada.

— É verdade, Dora. E se o Walter tiver que fazer alguma coisa contra alguém, vai ser contra o Mendonça, que se faz de amigo dele. A denúncia da carga veio lá da Arango & Primos. Uma hora dessas, o Walter fica sabendo que o Mendonça, e aquele irmão efeminado que o Mendonça tem, são traíras. E outra, ele não vai querer se encrencar mais querendo briga com gente da alfândega, do governo.

— Não sei — ela disse. — Hoje em dia não duvido de mais nada. Viram que mataram o padre de Santa Ana, aqui pertinho?

*

Após o cafezinho, servido na sala de estar decorada com louças e quadros, com um retrato do Dr. Aranha em destaque, Polydoro pensou que era hora de voltar para casa. Sua esposa estava passando uma temporada com os pais na capital, mas ele ainda queria repousar um pouco antes do carteado. Pediu licença e levantou. Despediu-se da anfitriã e foi acompanhado por Juan até a porta.

— No fundo, acho que a Dora tem razão — ele disse já no jardim da frente. — Talvez seja melhor não dar as caras no jogo hoje, João.

Juan balançou a cabeça, um esboço de sorriso nos lábios.

— Não vou deixar de fazer o que eu quero por causa do Walter Gutierrez.

— Tudo bem, eu já esperava algo assim mesmo. Não sei se é coragem ou se é cabeça dura.

— Um pouco de cada. E também não precisava ter contado pra Dora sobre o Mendonça. Não gosto que ela fique sabendo dessas coisas.

— Desculpe, João. Eu só queria deixar a Dora mais tranquila. Mas, no fim das contas, nem sei se não era melhor espalhar por aí que o Mendonça dedurou a carga do Walter em troca de uma liberação de mercadoria por baixo dos panos.

— Isso aí sou eu quem não gosta de ficar sabendo, meu velho.

— Tudo bem, João. Tudo bem. Não está mais aqui quem falou.

— Nos vemos no seu Nabuco então?

Polydoro assentiu e colocou o chapéu, estendendo a mão livre para Juan. Ao virar as costas para ir embora, disse ao amigo:

— Só vê se não sai por aí sem teu 38, João.

IV
Sábado ao fim da tarde

Juan estacionou o Ford Tudor 1929 na frente do Narval. O carro pertencia à Diretoria-Geral da Fazenda Nacional, mas Juan costumava usá-lo nos fins de semana também.

O Narval era o ponto preferido para as jogatinas entre o pessoal mais modesto da cidade. O dono do lugar, seu Nabuco, tinha décadas no ofício e sabia de tudo o que acontecia na região. Muitos diziam até que ele era o principal responsável por espalhar a maioria dos boatos que corriam por lá. Mesmo assim, era um velho muito bem quisto.

Logo na entrada, Juan viu uma figura estranha ao ambiente do Narval. Estevão Arango, irmão de Mendonça, vestindo terno e chapéu brancos, fumava um cigarro fino encostado na parede. Juan se aproximou e o cumprimentou com um aceno. Esteváo coçou o bigode bem aparado e retribuiu a saudação abanando discretamente com a mão que segurava o cigarro.

Dentro do Narval, a fumaceira típica dos salões de jogo envolvia a algazarra dos frequentadores. Juan olhou para os lados, procurando os conhecidos. De relance, observou um forasteiro, cara de poucos amigos, acompanhado por uma garrafa de canha na mesa mais isolada do bar. Logo, ouviu um grito atrás dele:

— Aí está o homem — disse Polydoro, ainda debaixo da soleira.

— Chegou o pior parceiro de carteado na cidade — disse Juan.

Os dois foram até o balcão, pediram uma garrafa e dois copos, depois procuraram uma mesa. Entraram em um jogo de canastra com Alcemir, um peão de estância, e seu Rivadavia, um velho meio bronco.

Depois de algumas rodadas, quase todas vencidas por Juan e Polydoro, o humor do velho Rivadavia estava dos piores. Cuspia xingamentos e criticava o parceiro, Alcemir, que era meio distraído. As risadas e provocações dos adversários só agravavam a situação.

Jogaram mais uma mão. Polydoro bateu a primeira vez com facilidade e pegou o "morto". Ele e o parceiro não demoraram a fazer uma canastra real e duas sujas. As cartas vinham que era uma beleza. Sorriso largo no rosto, Juan deu a batida final.

— Puta merda — gritou seu Rivadavia. Então, em um acesso de raiva, o velho rasgou suas cartas e saiu da mesa reclamando da vida. Os remanescentes se olharam e caíram na risada.

— Depois dessa, até vou passar na casinha — Juan disse, já levantando.

Era noite alta quando Juan saiu pela porta dos fundos. Meio tonto com a fumaça e a bebida, recebeu com gosto a lufada de ar fresco que o vento trazia do campo. Esticou os braços e as pernas e foi até a casinha. Depois de fazer o que precisava, saiu. Alguém o esperava nas sombras do lado de fora.

Por instinto, Juan pousou a mão sobre o revólver.

— Calma homem, venho como amigo.

Na luz da lua, Juan reconheceu Estevão Arango, que se aproximou.

— Não é muito recomendável aparecer assim desse jeito, seu Estevão. Nos tempos como os de hoje, arrisca levar uma bala.

— Eu sei, homem. Mas não queria que me vissem falando contigo.

Juan olhou para os lados. Podia sentir o perfume meio adocicado de Estevão, o que na sua condição atual, causava certo enjoo.

— Pois diga, algum problema?

Estevão ficou ainda mais perto de Juan. Quase encostou os lábios no ouvido dele. Sussurrou:

— O forasteiro carrancudo e de bigode, aquele que está bebendo sozinho no canto desse boteco asqueroso.

— O que tem ele?

— Ele veio aqui pra te matar.

Mal terminou de falar e Estevão se afastou, acenando com o chapéu branco. Ele deu a volta e saiu apressado. Juan ficou parado, reconstruindo na cabeça o rosto do forasteiro que viu ao entrar no Narval. Seu pensamento foi cortado pelo ronco de um motor. Viu Estevão em seu carro sumindo na noite, envolto em poeira. Não entendia o que acabara de acontecer. Ficou se perguntando o que Estevão ganhava dando aquele aviso. E se alguém tinha mesmo enviado um matador, só poderia ter sido Mendonça, para Estevão ter ficado sabendo. Por que ele iria trair próprio irmão?

Juan secou o suor da testa na manga da camisa e ajeitou o chapéu. Tirou o revólver do coldre, abriu o tambor e verificou as balas. O tom prateado do metal era bonito à noite. Guardou o revólver e ficou pensando no forasteiro. Ele tinha bigode espesso, e prendia a melena com uma espécie de faixa. Os olhos pareciam não ter vida. Pela aparência geral, devia ser um matador do tipo que se encontra do outro lado do rio. Do tipo que fez fama nas revoluções e escaramuças que sacudiram o estado tantas vezes. Degoladores, torturadores, castradores. Em 1923, Juan conheceu vários deles. Não havia o que fazer, enfrentaria o forasteiro se fosse preciso.

Ao voltar pra o salão, uma surpresa, o homem de bigode estava à mesa no lugar deixado vago por seu Rivadavia. Juan puxou a cadeira e sentou enquanto Alcemir dava as cartas de um baralho novo fornecido por Nabuco. Encarou o novo integrante da mesa e acendeu um palheiro. Após exalar a fumaça da primeira tragada, disse, apontando o forasteiro com o cigarro:

— Nunca vi o amigo por essas bandas. É novo aqui?

— *Si.*

V
Domingo de madrugada

O jogo seguiu noite adentro. Juan e Polydoro mantiveram a parceria vencedora, embora o forasteiro fosse bom jogador. Para o azar dele, o peão Alcemir ficava cada vez pior à medida que as horas, e a bebida, passavam.

Por fim, o peão desistiu. Alcemir levantou e se despediu cordialmente dos companheiros de mesa. Ao sair, levou consigo outros frequentadores do salão, que provavelmente tomaram o movimento como incentivo para irem embora também.

Apenas Juan, Polydoro e o forasteiro permaneciam jogando. Exceto por seu Nabuco, apoiado no balcão e quase dormindo em pé, não havia ninguém mais no bar. Juan, passando um cigarro palheiro para o canto da boca, começou a embaralhar as cartas e disse:

— Não gosto muito de jogar entre três, mas é o que temos.

— E a noite é uma criança — Polydoro completou, esfregando as mãos.

— E nosso companheiro de mesa parece ser daqueles de fé. O amigo gosta de uma jogatina, não é mesmo?

O forasteiro abriu um sorriso e respondeu depois de beber um gole de aguardente:

— *Y hay* algo *mejor* que *juego, caña y mujeres?*

— Verdade, amigo, verdade. Mas diga, não me lembro de ter ouvido o teu nome.

— *El nombre es Chaco, señor.*

Juan ficou pensativo. Não parava de embaralhar as cartas e o barulho que elas faziam foi o único som ouvido no salão por alguns segundos.

— *Pero tu nombre es* João — Chaco rompeu o silêncio.

— Juan, na verdade. De los Santos. Mas essa é uma longa história.

— *Me gustam* las histórias.

— Talvez eu venha das mesmas bandas que o amigo, mas vim pra cá muito cedo, ainda criança.

— *Vengo* de uma *tierra* de *hombres* duros.

— Não muito diferente daqui. Pensando bem, não fosse o rio, acho que seria tudo a mesma terra.

Polydoro, com um jeito meio impaciente, intrometeu-se:

— Vai dar essas cartas hoje ainda, João?

Na mesma hora, Juan começou a distribuir as cartas. Olhava Chaco nos olhos, e este não demonstrava nada por trás do rosto impassível. Cada jogador recebeu suas onze cartas e o morto foi deixado de lado.

— Eu compro — disse Polydoro, iniciando a partida.

Chaco ainda organizava as cartas na mão quando disse:

— *Pero y la* história, *Juan,* já acabou?

— Não tem muito que dizer — Juan respondeu comprando uma carta do monte e logo descartando outra no lixo. — Vim pra cá, cresci, arranjei trabalho, mudei de nome, me meti numa guerra, arranjei outro trabalho, casei, tive duas filhas.

— Guerra?

— Pois sim. Em 23. O amigo deve ter ouvido falar.

— *Si,* como *no?*

— Mas não gosto muito de lembrar.

— *Y si* te digo que *yo* estava lá com *los* de *pañuelo* colorado?

— Eu vou dizer que vocês levaram uma surra.

Chaco não disse nada, só abriu um sorriso com jeito debochado. Juan continuou:

— O amigo já ouviu uma cavalhada disparando em cima de uma ponte de madeira? Lembro bem desse barulho, ele veio antes do maior tiroteio que vi na vida. Os de lenço vermelho, como o amigo diz, cruzaram essa ponte lá onde eu morava. Aí fincaram pé do outro lado, pra que a gente não avançasse. Foi quando começou a troca de tiros. O Dr. Aranha, meu comandante, levou um balaço na perna. Passou um tempo, e o lado de lá bateu em retirada de vez. Depois que baixou a poeira e a fumaça do tiroteio, senti aquele cheiro de sangue misturado com o da água e o dos cavalos.

Juan fechou o punho e bateu três vezes no tampo de madeira da mesa. Encarou Chaco nos olhos mais uma vez, olhos de assassino. Nenhum dos homens parecia disposto a continuar a conversa. Chaco pousos as cartas na mesa viradas para baixo, e colocou as mãos sobre o colo, no que foi acompanhado por Juan. Então, ambos tiveram a atenção atraída pela voz de Polydoro:

— Sabe — ele disse, mascando o cigarro —, uma vez eu estava pescando aqui no rio mesmo, mas fui mal preparado, levei pouca isca. Quando vi, não tinha mais nada. Fiquei com preguiça de voltar e pegar mais, então fiquei por lá mesmo bebendo uma cachaça da boa que o meu sogro me deu. Bueno, lá pelas tantas, vi um movimento no mato. Era uma cobra com uma pererera na boca! Aí eu pensei, uma perninha de perereca dá pra fazer de isca. Peguei a cachaça em uma mão e fui devagarzinho até a cobra. Cheguei na frente da bichana, era uma cruzeira braba, e puxei a perereca. Quando ela deu o bote, enfiei a garrafa de cachaça na goela dela. A coitada saiu disparando. Desmantelei a perereca, botei um pedaço no anzol e voltei a pescar. Não deu meia hora e senti umas cutucadas nas costas.

Polydoro fez uma pausa e a mesa ficou em silêncio. Como ninguém falava nada, Chaco perguntou:

— *Y* o que era?

— Era a cobra, com duas pererecas na boca, querendo trocar por cachaça.

Os três homens gargalharam com vontade. Em meio aos risos, Chaco puxou seu revólver. No mesmo instante, um estrondo, e o tampo da mesa explodiu bem na frente do forasteiro, que foi jogado para trás.

Juan levantou, o cano do revólver ainda fumegando. Polydoro cuspiu o cigarro e saltou para o lado do amigo. Os dois deram alguns passos até Chaco, estendido no chão, os pés sobre o encosto da cadeira virada.

— Morreu? — Perguntou seu Nabuco espiando agachado atrás do balcão, para onde saltara ao acordar com o barulho do tiro.

Juan encarou Chaco. O homem tinha um buraco no peito, mas seus olhos ainda brilhavam com vida. O forasteiro pareceu sorrir enquanto o sangue escorria pela boca. Então, ele arregalou os olhos e expirou.

— Agora sim — disse Polydoro.

— Mas que tragédia — seu Nabuco disse. — O que foi isso?

— Tragédia ia ser se o João é que tivesse morrido. Só pode ter sido coisa do Walter Gutierrez.

— É, mas o Estevão Arango me avisou desse pistoleiro — disse Juan. — Então o Mendonça deve ter algo com isso.

Polydoro abriu um sorriso.

— Seu Nabuco — disse Polydoro —, o senhor sabia que aquele pilantra do Mendonça foi quem dedurou a carga do Walter Gutierrez que pegamos lá no rio?

OS TENTÁCULOS DA MÁFIA

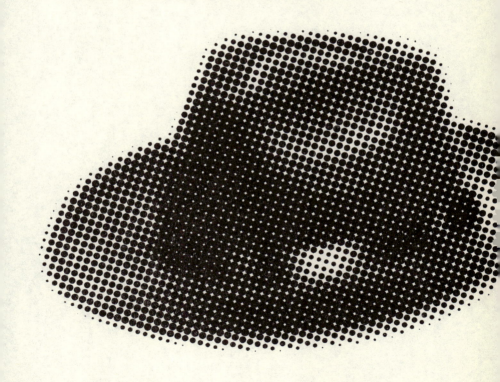

O FILHO DE O'HIGGINS

A morte sempre dobra a aposta.
— Chester Himes

Uma poça vermelha grande o suficiente para Bernardo O'Higgins ver seu corpo inteiro refletido nela. De todas as cenas testemunhadas por ele no dia em que mataram seu pai, essa ficou gravada na memória. Portanto, quando viu a atriz Diana Belluce estirada debaixo da marquise do Central Theatre, não pôde deixar de pensar no seu velho, George O'Higgins, lutador de boxe até vencer uma luta que deveria ter perdido.

Duas mortes brutais. As sensações provocadas por elas, entretanto, foram diferentes. Bernardo, ainda criança, sentiu-se abandonado ante a visão do pai banhado em sangue. Vingou a morte do boxeador apenas depois de completar catorze anos de idade. Descobriu o *bookmaker* que arranjara a derrota de O'Higgins, um agregado da North Side Gang, e o matou com três punhaladas, uma no pescoço, duas no peito. O assassinato viria a lhe render pontos com os italianos mais tarde.

Já ao ver Diana Belluce abatida como um animal no meio da rua, Bernardo explodiu. Uma torrente de ódio percorreu seu corpo; afinal, amava Diana como nunca amara ninguém antes. A garota poderia ser casada com outro, mas era sua mulher.

Caiu de joelhos diante do cadáver e deixou a fúria escapar em um grito. Embora todos estivessem com a atenção voltada para Don Capollo, caído ali ao lado, essa reação atraiu olhares, alguns deles bastante desconfiados. As coisas poderiam ter ficado piores, mas uma voz e um puxão no braço trouxeram Bernardo de volta à razão.

— Para com isso! *Sei pazzo, ragazzo?* Vamos embora daqui antes que você me encrenque — disse Spadoni, seu patrão no cassino One-Eyed Jack.

Deixou-se levar por Spadoni e, quando deu por si, estava no porão do One-Eyed Jack com um copo de conhaque na mão. Podia ver a dúvida estampada no rosto do chefe. Quando deixaram o cassino, tarde da noite, Bernardo o convencera a passar pelo Central Theatre. Sabia que o horário coincidiria com a saída de uma première e que Diana estaria lá. Queria apenas vê-la no mundo glamouroso a que ela pertencia.

— E agora, pode me explicar o que foi aquilo? — Spadoni disse.

— Não foi nada, chefe, pode ficar tranquilo.

Os dois homens beberam em silêncio por alguns instantes. O porão escuro e o álcool provocavam uma sensação estranha de conforto em Bernardo. Dentro dele, o ódio arrefecera e fora substituído por um sentimento frio, racional. Surgiam ideias, planos, ações. Todas tinham a mesma finalidade: matar. Sua aparência externa agora exibia a fleuma de um jogador de *poker*, mas Spadoni não parecia convencido.

— Não foi nada, é? Acha que sou algum idiota?

— De jeito nenhum, chefe.

— Conheço meus homens, não tente me enganar. Você é durão, como era seu pai, George "Queixo de Ferro" O'Higgins. O homem que contratei não faria aquela cena de ópera só porque uma atriz qualquer levou a pior. Tem algo mais aí, quero saber o que é. Não esqueça que fui eu quem o tirou da lama.

Spadoni falava a verdade, Bernardo tinha uma dívida com ele. Não fosse pelo chefe do One-Eyed Jack, não fazia ideia de onde poderia estar agora. Depois de matar o *bookmaker*, viveu de pequenos roubos e trapaças. Aprendeu a jogar com os negros no Black Belt e quase fez carreira como jogador, mas, devido à sua origem, nunca fora muito bem aceito em lugar nenhum. A vida podia ser muito difícil para alguém metade irlandês e metade italiano, uma combinação tão perigosa quanto fogo e gasolina.

Chegou o dia em que foi pego trapaceando em uma mesa do One-Eyed Jack, o melhor dos cassinos ilegais pertencentes à família Capollo. Sem cerimônia, os capangas o levaram até o porão para ensiná-lo o que acontece com espertinhos. Mostrando um pouco da velha fibra irlandesa, Bernardo reagiu, soltou-se e derrubou dois dos brutamontes a socos. Para seu azar, havia mais três deles no porão. Os capangas o dominaram, e ele estava esperando receber a maior surra de sua vida, ou talvez até morrer, quando alguém intercedeu. Lembrava-se perfeitamente de cada palavra que ouvira depois:

— Quem é o garoto? O conheço de algum lugar — disse Spadoni.

— É só um vagabundo que pegamos tentando trapacear no *poker* — respondeu um dos capangas.

— E vocês vão quebrar as mãos dele?

— Claro. Como não? E ele ainda acertou Biondi e Santini.

— Eu vi — Spadoni disse ao que se aproximava de Bernardo. — Você tem um belo soco. Bom estilo. Aprendeu com quem?

— Com meu pai.

— Como seu pai se chama?

— Chamava. George O'Higgins.

— Ah, poucos largavam um direto de esquerda como ele. Então você deve ser Bernardo. Conheço sua história. Sempre rolou um boato por aí de que o filho do "Queixo de Ferro" havia matado o *bookmaker* que arranjou aquela luta. Agora vejo que é verdade.

A resistência de Bernardo, o fato de ter sobrevivido tanto tempo sozinho nas ruas e a apreciação de Spadoni pelo boxe permearam o resto da conversa. Naquela mesma noite, o One-Eyed Jack tinha um novo segurança.

— Será que vou ter que repetir? Que diabo aconteceu com você? — disse Spadoni, fazendo com que Bernardo retornasse ao presente.

O jovem segurança decidiu que não podia mais esconder o jogo, embora temesse a reação do patrão. Considerava Spadoni um amigo, mas sabia que ele era um homem de Don Capollo em primeiro lugar.

— Diana era minha.

— O que disse?

— Diana Belluce, a atriz.

— Você perdeu a cabeça, garoto? Aquela pequena era mulher do Vinny Barbati, afilhado de Don Capollo.

— Ela era minha. Vinny Barbati nunca a tocou.

— Como assim?

— O casamento era um blefe. Barbati não gosta de mulher. Foi tudo uma troca. Diana casou com ele para tentar subir na vida. O cara conhece todos os clubes, o pessoal de cinema, tem contatos. Enquanto isso, Barbati bancava o machão casado com uma bela mulher.

E que bela mulher era Diana Belluce. Um sorriso capaz de iluminar os recantos mais escuros. Um corpo que fazia qualquer homem sonhar. E, debaixo da superfície, um coração ambicioso, mas ingênuo. O tipo de mulher que Bernardo jamais imaginaria encontrar no seu trabalho.

As madrugadas no cassino eram sempre movimentadas. Sua função lhe obrigava a observar cada face, cada movimento. Jogadores natos, perdedores, ricaços, marginais e mulheres perigosas, todos peças no jogo da vida e da morte. Em uma noite como outra qualquer, ele a viu num vestido vermelho feito o de uma Rainha de Copas. Um anjo imaculado no meio de tantos demônios. O mundo pareceu congelar à sua volta: as fichas jogadas por Barbati, o gesticular caótico dos jogadores, a fumaça dos cigarros. Perdeu-se olhando para aquela imagem de sonhos, e o mais incrível aconteceu: ela olhou de volta. A mulher deixou Barbati concentrado na roleta e andou até o bar. Na volta, parou ao lado de Bernardo. Conversaram. Encontraram-se mais tarde. O que parecia ser um caso de uma noite acabou se transformando em uma série de encontros às escondidas.

A princípio, Bernardo pensou que Diana poderia ser uma dessas damas que arranjam um idiota para matar o marido e ficar com o dinheiro. Já havia ouvido falar em casos assim, mas a vida é feita de apostas, como Spadoni costumava lhe dizer. Em pouco tempo, percebeu que a relação entre eles era genuína. Tanto que os dois já cogitavam abandonar a vida que levavam.

— Há dois dias, ela me disse que estava grávida. Meu filho — concluiu Bernardo.

— *Mannaggia!* — o chefe disse, colocando as mãos na cabeça.

— O que você vai fazer agora que sabe de mim e Diana?

De súbito, Spadoni levou a mão para dentro do casaco. Ao perceber o movimento, Bernardo assustou-se e buscou a arma no coldre.

— Ei, o que está fazendo?

— Calma, garoto, só quero fumar. Preciso pensar um pouco. — Spadoni, com muita calma, tirou um charuto e um isqueiro do bolso interno do casaco. Acendeu-o e exalou a fumaça. Depois, continuou. — Não vou falar nada. Uma revelação dessas pode prejudicar a reputação da família. Essa história tem que ir para o túmulo junto com a moça, coitada. O Don já tem problemas demais no momento.

— Será que o velho morreu?

— Não sei. Mas, de qualquer maneira, vem uma guerra por aí. Não se preocupe, vamos encontrar o canalha que fez isso. E pode ter certeza que ele vai sofrer muito.

— Não. Eu mesmo vou matar o bastardo.

Bernardo assistiu a Spadoni, irritado, esmagar o charuto no cinzeiro.

— Já não chega o escândalo que você fez, agora quer bancar o vingador? As pessoas devem estar comentando. Eu vou é esconder você num buraco bem fundo até que as coisas esfriem.

— Não. Você precisa de mim. Vi quem foi. Quando ouvi os pneus cantarem, desviei o olhar de Diana para o carro. Antes que eu pensasse em me jogar sobre ela, o cretino atirou.

— Não brinque com isso. Você tem certeza?

— Sim. Foi um vagabundo de quinta! Lembro-me dele de meu tempo nas ruas: cabeça enorme, olhos verdes. Dei uma boa olhada na cara do bastardo. Depois, veio o clarão dos tiros e, quando percebi, Diana estava morta.

— E qual é o nome do sujeito?

— Não sei. Mas conheci a gangue da qual ele faz parte, como era mesmo que se chamavam? Ah, *South Side Brothers*, era isso. Se espremermos algum deles, vamos descobrir quem é o verme e onde ele se escondeu.

— Sorte nossa, temos algo com que começar. Esse pessoal vai nos dar algumas explicações.

— E o que estamos esperando? — Bernardo levantou-se, tirou a arma do coldre e conferiu a munição. Colocou-a de volta em seu lugar, debaixo do braço, e olhou para o chefe. — Vamos atrás deles!

— Ótimo. Mas antes tenho que resolver um problema.

Bernardo, que havia dado as costas para Spadoni, ouviu o som inconfundível do engatilhar de uma arma e logo o trovão do disparo ressoou em seus ouvidos. A bala atingiu a espinha do filho do boxeador e saiu pelo peito, logo abaixo do coração.

— Desculpe, garoto — disse Spadoni. — Vinny Barbati pode ser um *cornuto* e um *finocchio*, mas ninguém toca na mulher de um afilhado de Don Capollo e vive pra contar a história. Obrigado pela dica, ela vai me render um bom crédito com o Don, quem quer que seja o Don agora. E não fique tão triste, você pode esperar o bastardo que matou a atrizinha na porta do inferno.

Não existem amigos neste negócio, Bernardo não deveria ter esquecido. Quando se leva a vida como se estivesse em uma mesa de jogo, confiar é o único pecado imperdoável.

Caído com o rosto junto ao assoalho, escutou os passos de Spadoni. Ele deixava o porão. Não conseguia odiá-lo, fora sua própria estupidez a responsável por tudo. Ressentia-se apenas de não poder vingar Diana. Porém, o conselho de Spadoni era bom: esperaria pelo assassino dela na porta do inferno. Bernardo observou a poça de sangue aumentando a cada segundo e pensou se alguém veria a própria imagem refletida nela.

UM LUGAR SUJO E MAL ILUMINADO

— Você viu isto? — a voz de um garoto acordou Doyle, que havia cochilado no banquinho ao lado da banca de revistas. Ele esfregou os olhos e enxergou dois meninos. Um deles apontava para o jornal exposto na fachada da banca, o outro carregava o último exemplar da Black Mask.

— Minha nossa! Bem como nas revistas — respondeu o segundo garoto.

Um homem de cabelos grisalhos se aproximou dos meninos e disse:

— Vocês ficam lendo essas porcarias de revistas e depois começam a pensar que o crime é divertido. Aquele carcamano teve o que mereceu, e é isso o que acontece com bandidos. Agora, vamos embora daqui, não é mais hora de crianças estarem fora de casa.

Depois do susto inicial ao perceber que tinha dormido no meio da rua, um erro estúpido para alguém em sua situação, Doyle foi olhar o jornal. Não fazia ideia do que andava acontecendo na cidade, o dia passa muito rápido quando se está desesperado atrás de dinheiro.

A manchete do *Tribune* era bem clara: CAPOLLO MORTO. TEME-SE REPRESÁLIA. Doyle sorriu. Com os Capollo concentrados em uma *vendetta*, talvez o deixassem de lado. Há três dias, desde o fim do prazo para pagar o empréstimo que conseguira com Tony Scalisi, ele vinha se esgueirando pelas ruas, olhando por cima do ombro. *Os carcamanos têm coisas mais importantes com que se preocupar agora*, pensou. *O que significa uma dividazinha de nada num momento desses?*

— Eu deixei você dormir aqui, mas não quer dizer que pode ler o jornal de graça. Ou paga agora, ou cai fora — o jornaleiro disse, exalando mau humor.

Doyle desejava apenas descansar. Acabou dormindo e, pelo visto, isso devia ter irritado o jornaleiro, que havia autorizado o uso do banco por alguns minutos. Largou o jornal e saiu caminhando. Parecia que era a única coisa que fazia ultimamente: andar de um lado para outro com medo da própria sombra.

No início da tarde, enquanto percorria o mercado da Maxwell Street, imaginou ter visto um cobrador de Scalisi, o temido Nick "Cano de Cobre" Tranquilli, e ficou apavorado. O brutamonte atendia por esse apelido porque quebrava os dedos, mãos ou pernas dos devedores de Scalisi com um cano do tamanho de um taco de *baseball*. E a coisa podia ficar ainda pior. Diziam que ele odiava sujar com sangue o terno caro de risca de giz que vivia usando. Quando isso acontecia, ele batia no pobre coitado do devedor até quase matar.

Tudo por causa de uma droga de aposta, Doyle pensou. Não imaginava Bully Huel perdendo aquela luta. Perdeu. Então, ele precisou pedir dinheiro emprestado. *Engraçado como as coisas funcionam. O cara perde a grana numa mesa de jogo ou apostando em lutas e corridas. Os carcamanos administram a jogatina, os* bookmakers *também trabalham para eles. Aí o cara pega um empréstimo com um agiota para*

110

pagar a dívida. Um agiota carcamano, claro. E assim o sujeito acaba como uma espécie de rato correndo dentro de uma rodinha nas mãos de gente como os Capollo.

Doyle chegou a ter dinheiro suficiente para saldar a dívida com Scalisi depois de um bico como carregador na importadora de azeite. Mas, sabe como é a vida, o encanamento estourou, precisou pagar a fiança do marido da irmã... Maldito cunhado. O dinheiro em seu bolso agora só dava para umas duas xícaras de café e uma omelete. E ele precisava disso e de alguma espelunca escura mais do que qualquer outra coisa naquele momento. Pensaria um pouco no que fazer, em como ganhar alguns dólares, já que agora talvez tivesse mais tempo.

Entrou no Soul Food. Era um lugar do tipo que fica aberto a noite toda: pouca luz, poucos clientes. Doyle fez o pedido a um homem sonolento e foi se sentar no reservado bem no fundo do restaurante. Logo havia uma xícara de café e uma omelete suculenta sobre a mesa encardida. Na penumbra confortável do Soul Food, começou a inventar planos mirabolantes para arranjar grana. A garrafa de bolso cheia de conhaque escondida em seu casaco o ajudaria a pensar.

Dois caras entraram um pouco mais tarde e se sentaram ao redor de uma mesa próxima ao reservado onde Doyle pensava na vida. Ele os observou pelo reflexo no vidro. Um era mais velho, tinha a aparência cansada. O outro era jovem e inquieto. Fizeram os pedidos e aguardaram em silêncio. Na madrugada, o serviço é rápido, e os pratos chegaram em seguida.

Foi o jovem quem começou a falar, distraindo Doyle, que nunca conseguia resistir a uma conversa alheia.

— Não sei como você consegue comer isso.

— Qual o problema? — o velho perguntou. — Virou minha mulher agora pra se preocupar com a minha saúde?

— Nós matamos duas pessoas hoje!

Eles não sussurravam, embora falassem muito baixo. O garçom, ou o dono do lugar, ou fosse quem fosse o cara, estava do outro lado do restaurante, quase adormecido, com a cabeça apoiada no braço, sentado diante da caixa registradora. Muito provável que ele não conseguia ouvi-los. Provável também que não tinham visto Doyle, pois ele havia deslizado no assento duplo depois de adicionar uns goles do conhaque ao café que bebia, e o encosto o escondeu. O velho falou:

— Preferia que fôssemos nós no lugar daqueles dois otários dos...? Como era mesmo o nome da gangue? Ah, dane-se. Não tenha dúvidas, garoto, fizemos o que precisava ser feito. O patrão manda, a gente faz. É assim que o negócio funciona, não de outro jeito.

— Mas foi tudo tão inútil. Os caras apanharam como uns diabos a noite inteira e aí chega o Santini dizendo que o tal Nolan tinha encontrado o sujeito que estávamos procurando.

Doyle estremeceu. Andava sensível a histórias de violência. Imaginou Nick Tranquilli esmagando seus dedos com o cano infame. O jovem continuou falando:

— Aí a única coisa digna pra se fazer era botar uma bala na cabeça dos coitados.

A história sempre pode piorar, Doyle pensou.

— Eu repito: preferia que fôssemos nós no lugar deles? — o velho questionou com o tipo de voz rouca que se consegue após anos de tabaco e bebida.

— Claro que não.

— Então não reclame e coma as suas fritas.

— Não consigo. É difícil.

— Se não estava com vontade de comer, por que fez o pedido?

— O que importa o pedido? Dane-se o pedido! Então é assim? Você dá um tiro na cara do sujeito, come hambúrguer com batatas fritas, chega em casa e diz "oi, querida, trouxe o leite que você pediu", e vai dormir como se nada tivesse acontecido?

— E o que você queria? Que eu fosse até a igreja me flagelar e rezar o terço pedindo perdão?

O jovem ficou um tempo em silêncio e Doyle pôde ouvir melhor o som ambiente do restaurante, a canção apresentava uma voz áspera e negra que falava de coisas tristes. Lembrou-se da sua pobre Rita naquele hospital lá em Nova York, mas também se perguntou por que deixavam o rádio ligado se o volume precisava ficar tão baixo. A noite tinha dessas coisas. Aí o jovem disse:

— Não.

— Não o quê?

— A igreja. Mas você poderia pelo menos parecer que se importa.

— E parece que não me importo?

— Não vejo nada que indique o contrário.

— Olhe aqui, garoto, essa foi sua primeira vez. Hoje você se sente assim, mas amanhã... Ah, você esquece. Apagamos dois caras hoje. Começamos bem melhor do que a da maioria.

113

— Como assim?

— Quando você mata um homem, é claro que vai sentir algum remorso. Já vi caras matarem uma vez e nunca mais tocarem em uma arma. Quando você mata um, pode parar nesse um. Quando mata o segundo, é provável que não pare no terceiro.

— Se você diz...

— E não precisa ficar aí todo cheio de razão, bancando o santo. Você vendia aquela porcaria pros negros do Black Belt, matava as pessoas lentamente. Agora não é tão cruel, pelo menos. E a grana é melhor. Muito melhor, não se esqueça disso.

— Não é a mesma coisa. Puxar o gatilho...

— Você quer que eu fale para o Doc...

Doyle não conseguiu ouvir o nome que veio em seguida. O velho começou enfim a sussurrar quando parecia que ia ficar exaltado. Devia ser o apelido de algum pilantra. Um médico com certeza não era. Foi como a vez em que Doyle ficara ouvindo um casal conversar sobre o aborto que a mulher estava para fazer. Quando ia ficar interessante, eles resolveram falar aos cochichos. Se não queriam ser ouvidos, que fossem conversar em casa, não em um restaurante!

— ... e já chega desse assunto. Estou cansado. Só quero ir para casa e deitar a cabeça no travesseiro. Até perdi a fome.

— Finalmente alguma coisa te atinge.

— Você é um chato. Sabia disso?

— Acho que não nasci pra essa vida.

— Ninguém nasce pra porcaria nenhuma. Temos é que fazer o que precisa ser feito. Já disse isso, inferno. Essa é a vida. Nada mais. Vai querer agora ser um desses idiotas que sai por aí fazendo caridade, trabalha na Cruz Vermelha, entra pro Exército da Salvação e outras bobagens?

— Não.

— Essa vida é boa, garoto, se você souber como não estragar tudo.

O velho se calou quando o desgraçado do atendente resolveu levantar a bunda da cadeira para perguntar se eles queriam algo mais. Aí o cretino lembrou que tinha outro cliente na droga do restaurante...

— E você, quer mais um café?

Doyle levantou-se apressado, sentindo as pernas tremerem. Deixou dinheiro suficiente para o café e a omelete sobre a mesa e saiu com a cabeça abaixada, sem olhar para lado nenhum. Nem ficou sabendo se os dois homens o viram de fato. No fim das contas, Nick "Cano de Cobre" já não lhe parecia tão assustador. Afinal, o que são uns dedinhos quebrados comparados a uma bala na cabeça? *Merda*, ele pensou, *aquele restaurante fazia uma omelete muito boa.*

OUTRO HOMEM

Chicago, 1905.

Quando chegou ao fim da escada, pôde ouvir o choro estridente do bebê. Don Matteo Capollo percorrera aqueles degraus por muitas vezes no último ano, porém, a sensação agora era diferente. Se antes, a visita à casa de Nicoletta lhe trazia alegria e lhe tirava o peso da alma, hoje parecia golpear seu coração.

No ar, o perfume que tanto conhecia e adorava. O assoalho de nogueira rangia como sempre. Um grupo de figuras sombrias era o que destoava do cenário habitual. Uma delas, o Tenente Williams, estava de pé na entrada do quarto. O velho italiano se aproximou, notando o nervosismo evidente do policial.

— Don Capollo? — Williams disse. — Não precisava o senhor ter vindo até aqui. Está tudo sob controle. Afinal, não é a primeira vez que...

Com um aceno, Capollo interrompeu as palavras do oficial. Ele entrou no quarto e, embora acostumado a ver sangue e desgraça, estremeceu. Sobre a cama, o corpo de Nicoletta estava contorcido, o rosto virado para baixo. Os lençóis brancos se tornaram vermelhos, tão encharcados que se encontravam. Ao lado, a menina berrava em seu berço.

Don Matteo caminhou lentamente e sentou-se ao pé da cama, de costas para o cadáver. Não se sentiu assim nem quando sua Francesca faleceu. Queria abraçar Nicoletta, chorar abraçado a ela. Não podia.

Respirou fundo, o que já entregava mais do que desejava sobre seu estado emocional. Olhou para Tomaso Gamboni, o *consigliere*, para seus homens e os policiais, que o miravam atônitos pela porta. *O que eles estão vendo agora?* Capollo pensou, *um velho frouxo e derrotado?*

Para afastar o pensamento, ele levantou e foi até o berço. Ninguém parecia prestar muita atenção na filha de Nicoletta, apesar do choro. O Don não segurava um bebê há quase vinte anos, porém, resolveu tentar acalmá-la.

A menina chorou com uma força ainda maior ao ser retirada do berço, seus gritos pareciam mais de fúria do que de tristeza. Então, ela ensaiou alguns golpes contra as mãos de Capollo com seus bracinhos. A atitude da pequena, forte como a mãe, quase fez o Don sorrir. Após colocá-la de volta no berço, ele percebeu o sangue em suas mãos. Voltou-se para Williams.

— Fizeram questão de deixar o bebê em cima da cama, junto com a mãe — disse o policial. — Foi como a encontramos. Aí o George achou melhor botar a criança pra dormir. Ela está chorando, mas não está machucada.

Tomaso Gamboni logo adentrou o recinto e ofereceu um lenço para o patrão. Se havia um homem que conhecia Matteo, este homem era Gamboni. Vieram juntos da Itália, lutaram juntos para sobreviver na América. Podiam não ser filhos dos mesmos pais, mas eram verdadeiros irmãos.

— O garoto que faz a entrega do mercado pela manhã encontrou o corpo e avisou a polícia — disse Gamboni. — Não há sinal de arrombamento, diz o Williams.

— Terá sido Colosimo? — Capollo perguntou ao amigo. — Desde que casou com aquela cafetina traidora, a Victoria Moresco, ele vem tentando nos varrer do negócio da prostituição. Algum deles poderia saber de Nicoletta.

— No momento, não descarto nada, Don Matteo. Mas, analisando o que fizeram com a moça, não acho que tenha sido trabalho de um profissional.

Gamboni tinha razão. Um matador profissional teria estrangulado a jovem, ou, caso usasse arma de fogo, teria dado dois tiros no peito e um na nuca. Nicoletta foi vítima de dezenas de punhaladas. Havia ódio naquele crime.

— Uma barbárie fazer isso com uma mulher — disse Gamboni, observando o corpo banhado em sangue.

Ainda de costas para a cena, Capollo acendeu um cigarro, lutando para esconder o tremor das mãos. Deu a primeira tragada e soltou a fumaça no ar. Williams, que havia acabado de entrar, foi envolvido nela. O policial, tossindo de leve, falou:

— Senhor, pode ficar tranquilo. Eu mesmo vou atrás...

— Tenente, ouça bem — Don Capollo interrompeu — quero que você coloque todos os homens que tiver nessa investigação. O meu pessoal vai trabalhar junto com o seu.

Williams pareceu surpreso.

— Trabalhar conosco? Desculpe, Don Capollo, entendo que o senhor esteja bravo, mas, afinal, era só uma pu...

— Você não é pago para me contestar, idiota. Não interessa quem ela era. Foi um ataque contra minha propriedade. Entendeu?

— Sim, senhor, Don Capollo — Williams respondeu gaguejando.

— Sei que você tem informantes na gangue de Colosimo. Quero que fale com eles. Coloque todo mundo na rua. Revirem cada beco, cada espelunca. Se o matador não for de uma gangue, procurem os pervertidos, os viciados, os ladrões e os negros.

O bebê havia parado de chorar, um silêncio pesado se abateu sobre a casa de Nicoletta. Don Capollo se dirigiu para a porta do quarto, porém, antes de sair, olhou para trás.

— Tomaso — ele disse — faça os preparativos para o funeral. Enquanto isso, a menina vem comigo.

Sinalizando com as mãos, Capollo ordenou que um de seus homens pegasse o bebê. Então, saiu do quarto com pressa. O Tenente Williams o seguiu escada abaixo.

— O senhor podia dar mais alguma informação? Foi praticamente um golpe de sorte termos descoberto que a moça estava sob os seus cuidados. Se tivessem chamado outro policial ao invés de mim, não sei o que aconteceria.

O Don não respondeu. Entretanto, Williams insistiu:

— Essa garota, Nicoletta, atendia mais alguém?

Para surpresa do policial, Capollo voltou-se para ele e agarrou o nó de sua gravata.

— Quero que investiguem também o Everleigh Club — ele disse, mirando o rosto apavorado de Williams. —

Nicoletta trabalhava lá quando a conheci. É informação suficiente para você?

*

Anoitecia quando Matteo abriu a segunda garrafa de vinho. Sozinho na adega de casa, ele se deixava levar pelas lembranças e pelas dúvidas. Há pouco tempo, sentia-se forte, determinado. Ao arrancar a rolha daquela segunda garrafa, sentia-se fraco e vencido. Exatamente como estava antes de conhecer Nicoletta.

Com 58 anos de idade, a vida não parecia guardar mais surpresas para o velho Don. Perdera sua Francesca cedo demais. A coitada deu a vida para que o último filho deles nascesse. Uma mulher forte, de quem nunca precisou esconder nada, e que o ajudou a construir um império.

Teve poucas mulheres depois que ela morreu. Na maior parte das vezes, apenas prostitutas, usadas para satisfazer seus desejos instintivos. Com o passar dos anos, até esses desejos diminuíram à medida que os negócios andavam bem e os filhos tornavam-se homens, ajudando a cuidar de tudo.

Eram seis rapazes, o mais novo tinha quase vinte anos. Logo, um deles teria que ser o Don. O mais velho, Vito, já se comportava como um *padrino*, e muitos agregados da família o tratavam como tal. Luca, o caçula, talvez por não ter tido a presença da mãe, era o mais ambicioso, porém, também o mais dissimulado. E ainda havia os netos, o que era uma alegria, mas também um sinal forte dos tempos.

Apesar da constituição robusta, de dar inveja em muitos jovens, as agruras da vida começavam a pesar. Muita preocupação, muita violência. O dia-a-dia de um Don não é fácil, mesmo quando parece não existir mais nada para conquistar. O cabelo branco quase dominava sua cabeça. Sentia dores em todo o corpo. O médico queria lhe cortar o vinho e o tabaco. Não era mais o mesmo homem, isso retumbava em sua mente todos os dias. Não era o mesmo homem, era um velho. Até o dia em que viu o sorriso de Nicoletta.

Ele a encontrou no Everleigh Club, o melhor bordel de Chicago, talvez do país. O Everleigh, administrado pelas irmãs Minna e Ada, embora subornasse alguns políticos para obter proteção, era um bordel independente. Nenhuma gangue o controlava. Assim, tornou-se o ponto preferido da alta roda de Chicago, incluindo aí homens de negócio como o próprio Matteo.

Foi em uma tarde fria de outono que "Bathhouse" John Coughlin, um vereador corrupto, convidou Matteo para conhecer o "clube". Minna Everleigh deu as boas-vindas aos dois homens na entrada. Recebeu Matteo com graça extra, pois ele visitava o local pela primeira vez. A Madame os conduziu até o Salão Dourado, escolha habitual de Coughlin.

Logo que entraram no salão, o olhar de Matteo foi capturado. Sentada em um divã, uma mulher de beleza mediterrânea, de leves traços gregos, parecia estudá-lo com curiosidade. De imediato, ela o atraiu. Havia uma força naquele sorriso que o agradava.

Minna os apresentou. A jovem atendia por Nicky Valentine e era uma novata no Everleigh. Matteo beijou sua mão, encantado. O Don não teve cabeça para as conversas sobre política e negócios dos outros clientes, sua mente pertencia à Nicky. Logo, subiram para um dos quartos.

Nicky era calorosa, divertida e dona de uma mente perspicaz, características que Matteo apreciava, e que o faziam lembrar de Francesca. Na cama, realizava os sonhos de qualquer homem. De uma hora para outra, o velho Matteo voltou a ser um garoto. As nuvens sombrias se dissiparam, e a vida adquiriu um novo sabor.

Quando deu por si, visitava o Everleigh semanalmente. Ia descobrindo aos poucos a mulher por trás de Nicky, chamada, na verdade, Nicoletta. Ainda muito nova, ela se mudou de Nova York para Chicago com uma tia, depois de perder os pais na Grande Nevasca de 1888. Após a morte da tia, foi introduzida na prostituição por uma amiga. Sem experiência, acabou tendo uma filha, fato que escondeu de Minna e Ada ao ser entrevistada por elas algum tempo depois.

Matteo, embora tivesse um pouco de vergonha por estar apaixonado naquela idade, resolveu ficar o maior tempo possível junto dela. Indenizou as proprietárias do Everleigh pelo rompimento do contrato de Nicoletta. Depois, instalou a amante e a filha em um de seus imóveis, um sobrado de pedra cinzenta recém-construído. Viveu assim quase dois anos de alegria, com vigor renovado. O novo estado de espírito beneficiou até os negócios da família, que tiveram de volta o líder forte de outros tempos.

123

O som dos passos de alguém que descia a escada interromperam as lembranças.

— Nunca o vi assim antes — disse Tomaso na porta da adega.

— Porque nunca estive assim antes, meu amigo. Nicoletta não merecia isso.

Tomaso sentou-se ao lado de Matteo, pegou a garrafa de vinho e analisou seu conteúdo. Estava quase no fim. Depois, colocou-a de volta sobre a mesa e falou:

— Mas, você bem sabe, em nosso ramo, nem todo mundo recebe o que merece.

Matteo nada disse, apenas serviu mais uma taça, finalizando a garrafa. Tomaso continuou:

— Cuidei dos acertos para o enterro. O velho Dellamore, da funerária, nos devia um favor. Eu mesmo escolhi o ataúde, acho que você vai aprovar.

— Obrigado, Tomaso. E o resto?

— Bem, até agora, Williams não conseguiu nada.

— *Imbecille*. Acho que está na hora de terminarmos nosso "contrato" com ele. Aquele George me parece um bom sujeito. Está na hora dele receber uma promoção.

— Por outro lado — Tomaso disse — talvez haja algo importante. Minna não permitiu que Williams entrasse no Everleigh sem mandado, aquelas mulheres não têm medo de ninguém. Mas eu consegui falar com ela e pedi sua ajuda. Agora há pouco ela mandou uma mensagem: quer que você vá até o clube.

*

As portas do Everleigh Club se abriam e Minna os recebeu do outro lado. Não trajava os vestidos de festa costumeiros, naquele horário, o bordel se encontrava deserto. A expressão em seu rosto denotava ansiedade. Com um leve aceno da cabeça, ela pediu que os homens a seguissem. Subiram até o escritório, onde Ada Everleigh os aguardava atrás de uma escrivaninha.

Capollo e Gamboni ocuparam as poltronas diante dela. Os capangas ficaram de pé junto à porta sob o olhar de Minna. Ada saudou os homens em silêncio e acendeu um cigarro.

— Bem? — perguntou Capollo.

— Don Capollo, agradeço sua presença — disse Ada. — Infelizmente, não é uma ocasião alegre. Mas, acho que posso ajudar.

— Estou ouvindo — Capollo disse, após mais uma pausa da mulher.

— Em primeiro lugar, quero dizer que não gostei nada de ter um policial batendo à minha porta extraoficialmente. Inferno, isso é ainda pior do que se ele viesse oficialmente. Como o senhor sabe muito bem, mantemos um negócio respeitado aqui, o que meus clientes iriam pensar? Felizmente, minha conversa com o senhor Gamboni esclareceu tudo. Fiquei muito triste ao saber da Nicky, pobre garota.

— Madame Ada, entendo seu sentimento quanto ao policial, e ofereço minhas desculpas. Mas, gostaria que a senhora fosse direto ao ponto.

— Desculpas aceitas, Don Capollo — disse Ada, enquanto esmagava o que restava do cigarro no cinzeiro e colo-

125

cava outro na piteira. — Nenhuma de nós aqui jamais soube o paradeiro de Nicky depois que ela saiu do Everleigh. Quero deixar isso bem claro. Após falar com o senhor Gamboni, minha irmã e eu interrogamos todas as nossas meninas. Descobrimos que uma delas manteve contato com Nicky.

— Quero falar com ela.

— Calma, Don Capollo. A menina ficou muito assustada com essa situação toda. Ela me disse o que aconteceu. Se encantou com um cliente, sabe como é, achou que ele a levaria daqui. Adivinha em quem ela se inspirou? Inocentemente, ela contou sobre a amiga que era sustentada por um figurão. Quando revelou quem era esse ricaço, o rapaz enlouqueceu. Disse que mataria Nicky para atingir o senhor. Mas a menina jura que ele é inofensivo.

— Madame Ada, quero ouvir quem foi da boca dela.

— Por quê? O que o senhor pretende?

— Não é que não confie na senhora, mas, não gosto de intermediários. Quero olhar nos olhos dela quando ela disser o nome.

Ada encarou o Don com uma expressão dura na face. A mão segurando a piteira pairava acima da mesa, e as cinzas caíam longe de seu devido lugar. Ela limpou a garganta com uma tossida leve e disse:

— Proponho um negócio: ela entrega o homem que pode ter matado sua Nicoletta, o senhor promete não fazer mal nenhum à garota. Tenho sua palavra?

— Eu não farei mal nenhum à garota.

Ada levantou da cadeira e se dirigiu para outra sala. Ela voltou em seguida trazendo uma garota de aparência

126

assustada pelo braço. Tinha cabelos curtos e louros, bastante magra, mas Capollo não se lembrava de tê-la visto antes em suas visitas. Ada fez com que ela se sentasse em uma cadeira ao lado da escrivaninha e retomou seu lugar.

— Qual é o seu nome, garota? — perguntou Capollo.

— Linda.

— Linda, acredito que você tenha algo para me contar.

A jovem olhou para Ada, que a encorajou acenando positivamente com a cabeça.

— Qual é o nome desse rapaz para quem você contou onde Nicoletta morava?

— Eu juro, senhor, nunca pensei que ele pudesse fazer algo. Eu não imaginava que ele estivesse falando sério. Nicky era minha melhor amiga.

— Já sei disso. Agora, o nome.

Linda, cabeça baixa, balbuciou algumas palavras incompreensíveis. Capollo fitou Ada, exigindo uma intervenção.

— Pode falar, menina, não tenha medo — Ada disse. — Você está entre amigos.

— Patrick O'Hara Jr. — Linda disse, com a voz ainda muito baixa.

Capollo voltou-se para Gamboni, surpreso.

— Pat é um bom cliente e, como se sabe, não aceitamos qualquer um no Everleigh — disse Ada. — Vejo que o nome lhes é familiar.

— É tudo que precisamos saber. — Capollo levantou da poltrona e ajeitou o sobretudo. — Mancino — disse para um dos capangas — *mettere la bambina a dormire.*

127

Mancino deu três passos rápidos para frente enquanto colocava a mão esquerda dentro do casaco. Tirou uma pistola semiautomática do coldre e disparou. A bala atingiu a testa de Linda, saindo pela nuca.

Ada, tomada pela fúria, limpou com a manga o sangue que havia espirrado em seu rosto.

— Maldito — ela gritou. — Você não tem palavra?

— Prometi apenas que eu não faria mal a ela, não meus homens.

*

A garagem recendia a querosene, fuligem e gasolina. Mais um ingrediente exalou pelo ar quando os portões se fecharam atrás de Don Capollo e Gamboni: ódio. Os dois italianos se dirigiram até a aglomeração de capangas em torno de um homem amarrado sobre uma cadeira, um capuz escondendo seu rosto.

Não foi difícil encontrar Patrick O'Hara Jr. Tão logo se livraram do corpo de Linda e ajeitaram as coisas com o Everleigh Club, os homens de Capollo saíram à caça. Sabiam onde encontrá-lo. O'Hara era dono do cassino *Black Diamond*, um lugar bem elegante, que herdara do pai. Armaram a tocaia a uma quadra do cassino. Tiveram que matar alguns seguranças para tirá-lo do automóvel, porém, não houve maiores problemas.

Mancino, o capanga, colocou um banco na frente de Patrick, onde Capollo sentou. Logo, arrancou o capuz da cabeça do prisioneiro.

— Bem, filho, espero que esteja contente — disse Capollo.

Patrick piscou os olhos por causa da claridade. Sacudiu a cabeça, como se tivesse acabado de acordar, e começou a sorrir. Capollo continuou:

— Desde o início, eu me perguntei o que levaria um homem a fazer aquilo com Nicoletta. Quando ouvi seu nome da boca de Linda, eu entendi, mas não aceitei.

— Você disse Linda?

— Sim, a falecida Linda.

Patrick não pareceu se importar. O mesmo sorriso de antes ainda marcava sua face.

— Como disse, posso até ter entendido sua intenção. Porém, fui absolvido da acusação de ter matado o seu pai. Você sabe disso. E, mesmo que fosse culpado, era a mim que você deveria ter matado. Ou melhor, tentado matar. Por isso, não aceito sua atitude.

— E daí? Não interessa o que o juiz disse, sei que você é culpado.

— Você acha que me puniu matando uma mulher inocente?

— Acho. Sabe o que a sua prostituta falou antes que eu cortasse a garganta dela? Ela disse que você é um velho patético que, pra ter uma mulher, tem que trancá-la numa casa. Eu quebrei seu brinquedo!

O Don suspirou.

— Se isso fosse verdade, eu estaria feliz — disse. — Se ela estivesse mesmo presa e vigiada, nada disso teria acontecido.

129

Nenhuma palavra foi dita em resposta. Capollo analisou seus homens. *Eles nunca mais verão um velho derrotado*, pensou. Os capangas trocavam o peso do corpo de uma perna para outra, pigarreavam e ajeitavam seus chapéus. O Don percebeu que era hora de acabar com o teatro.

— Não vou mentir — disse — desde o momento em que vi o corpo da pobre Nicoletta naquela cama, eu quis matar o responsável. Pensei várias formas de fazer isso. Você sabe, matei muitos homens na minha vida, vi outros tantos morrerem. Uma coisa curiosa é o fato de que a morte de um bastardo nem sempre satisfaz quem o mata. E o que é pior, nem sempre os homens a temem. Aqui, olhando nos seus olhos, eu sinto que você é um desses homens. Há um pouco de loucura no seu olhar, filho. Então, já que você não teme a morte, eu vou fazer com que a deseje.

Capollo acenou para Mancino, que se colocou ao seu lado.

— Em meu velho país — continuou — havia um tipo peculiar de homens, cantores líricos e da igreja, que eram chamados *castrati*. Sabe por que os chamavam assim? Quando eles eram bem jovens, cortavam os seus testículos, para que a voz deles ficasse aguda para sempre. Você passou da idade, mas vamos ver se conseguimos melhorar o seu *falsetto*.

Mancino retirou uma navalha de barbear do bolso.

O Don levantou do banco e ajeitou a lapela. Agora, ele sorria e o prisioneiro não. Sua idade, o cansaço, a perda? Nada disso importava mais. Provou um pouco de ternura pela última vez nos braços de Nicoletta, e o que restava do velho Matteo Capollo morrera com ela, compreendeu enfim. Os gritos de Patrick O'Hara retumbavam pelo ar quando Matteo deixou o galpão.

*

Na caixa de correio diante da casa lia-se o nome BELLUCE. Matteo desceu do automóvel Buick Model B e atravessou o jardim com a criança nos braços. Seus homens não o acompanharam. O dono da casa, Vitorio, fora um dos únicos parceiros de Matteo nos tempos da *Mano Nera* que conseguira sair dos negócios limpo e com vida.

Matteo tocou a sineta e logo um homem pouco mais jovem do que ele abriu a porta.

— *Vitorio, amico mio, come stai?*

— Don Matteo? *Bene, bene!* Vá entrando. É sua neta?

— Não, *amico*, não vou entrar, mas, preciso de sua ajuda. Sei que você e Rita nunca puderam ter filhos, mas sempre quiseram. Então, eu ficaria muito contente se vocês aceitassem esta menina. Significa muito para mim. O nome dela é Diana. Não se preocupe, nosso Gamboni irá tratar da papelada. Cuide bem dessa menina, meu velho. Ela é uma lutadora, tem a força da mãe no olhar.

ESTE LIVRO FOI PRODUZIDO NO LABORATÓRIO
GRÁFICO ARTE & LETRA, COM IMPRESSÃO EM
RISOGRAFIA E ENCADERNAÇÃO MANUAL.